海港集

[英] 希莱尔·贝洛克 著
倪庆饩 译

天津出版传媒集团
百花文艺出版社

图书在版编目（CIP）数据

海港集 / (英) 希莱尔·贝洛克著；倪庆饩译. --天津：百花文艺出版社, 2017.5(2023.3重印)

ISBN 978-7-5306-7133-7

Ⅰ. ①海… Ⅱ. ①希… ②倪… Ⅲ. ①随笔-作品集-英国-现代 Ⅳ. ①I561.65

中国版本图书馆CIP数据核字(2017)第071093号

海港集

HAIGANG JI

(英) 希莱尔·贝洛克 著

出 版 人：薛印胜
责任编辑：张 雪　　**装帧设计：**郭亚红
出版发行：百花文艺出版社
地址：天津市和平区西康路 35 号　**邮编：**300051
电话传真：+86-22-23332651（发行部）
+86-22-23332656（总编室）
+86-22-23332478（邮购部）
网址：http://www.baihuawenyi.com
印刷：三河市同力彩印有限公司
开本：787×1092 毫米　1/32
字数：87 千字　**插页：**2 页
印张：5
版次：2017 年 5 月第 1 版
印次：2023 年 3 月第 2 次印刷
定价：38.00 元

如有印装质量问题，请与三河市同力彩印有限公司联系调换
地址：河北省三河市黄庄镇赵家庄同力彩印
电话：17710717619

目　录

谈提笔的乐趣

在这个世界上的一些不怎么样和较小的乐趣中，我把提笔算作一种。

据说很多人在写作这一行为上只要动笔就感受到一种触摸得到的乐趣，比如词的选择和安排。这遭到许多人的否定。就我的情况而言，我会说在某些难得的情绪下那是千真万确的乐趣，但在大部分其他情绪下是完全谈不上的。不管怎么说，写作及其中的乐趣我暂且不谈，但提笔的乐趣则是另外一回事。

请注意这一行为意味着什么。你是单独一个人。即使房间里拥挤不堪（例如帕丁顿[1]的 G·W·R 饭店的吸烟室，就在前些天我在写《基督教世界统计摘要》时就感受到了这种热闹），你也非独处以便写作不可。你必须像筑起一堵墙似的，使你的头脑隔离。那时，你就是一个人了。这才是开始。

① 伦敦西北部的交通枢纽，十分热闹。

假如你考虑人要独处是何等困难，比方说爬山、入狱、出家，人们的日常生活习惯各有古怪，在大城市把自己关在小阁楼里，此时此刻，仅仅通过联想，你就会明白，作者是单独一个人这一事实表明，提笔就不是最微不足道的快乐。

这一点就谈到这里。再说，你不仅是单独一个人，而且你还打算“创作”。

如果通常人们说“创作”，那是自我恭维。不是谁提笔就等于是创作了。我知道曾经有个人在一张纸上画马让大伙开心，他在马身上画了许多平行的条纹。他画了之后一位上了年纪的教士（当时在场）说：“你乐意画斑马呀。”教士一说这句话，那人便赌咒发誓，抗议他从未见过或听说过斑马。他说那形象完全出自他的头脑，他请老天爷作证，还有他的守护神，并且拿他灵魂打赌，他对斑马如同对未出生的婴儿一样毫无所知。可是问题出在这里。他未能说服任何人，因为整个英国挤满了熟悉斑马的人，这非常明显，教士赢了。

所有这一切当然扯远了，必须承认所谓的“创作”没有这回事①，但是不管怎么说，当你拿起笔来你就做了一件非常合意的事情：在你面前出现了一片远景。你将很快去培育一个胚芽：我不知道那是什么，不过我向你保证我不会称之为作品，但可能一位神通过你正在创作——起码你在佯装

---

① 作者把不是写（画）在纸上的东西统称为创作。

创作。不管怎么说，那具有原创的意味，你知道当你完成后你给人世增添了什么，而且难以破坏。为什么你要去白花时间和精力呢？若干白纸(价钱是一平方码一法寻[①])(我没有把握用扭扭曲曲爬行的黑字把它们分散开来，搞得花样繁多是不是更愉快)——若干墨水，用以挥洒、干燥：单单用于这一目的。若干数量极小的翎羽——从笨鹅身上拔下来，没有别的任何用途，不过满足人的高尚需要。

说到这里你会高呼："装模作样！矫揉造作！我怎么知道那个家伙用鹅毛笔写字？那是个最不可能的习惯！[②]"对此我回答你没有错。不过请少一点武断，多一点谦虚。我要坦诚地告诉你我正在用什么写字。我正用着一支华特门公司[③]出品的理想牌自来水笔。笔尖是纯金的，其纯度犹如《罗兰之歌》[④]中查理曼大帝的宝座。那个宝座(我简直无需告诉你)是由不少于一百二十四骡子驮着翻过寒冷而危险的比利牛斯山的关隘而送到西班牙去的，整个西方世界都崇拜它，每逢它在高原的草地上停歇时，人人都在它面前哆嗦。因为查理曼大帝坐在上面，令人生畏，威风凛凛：王权的重负压着他，跨越两个世纪，他的眉毛由于正义和经历而变得平直，

---

① 一法寻等于四分之一便士。
② 中世纪人们用鹅毛笔写字，该习惯在作者时代已过时。
③ 当时英国的名牌文具公司。
④ 罗兰为法国中世纪传说中的英雄，《罗兰之歌》系叙述他英雄事迹的长篇叙事诗。查理曼为他的舅父。

他的胡子由于多而乱而被称为“胡子长刺的查理曼”。你读过他如何在黄昏伸出胳臂阻止夕阳西下直至他找到罗兰的遗体为止吗？没有？你准读过这些故事。

对了，钢笔是纯金的，一支书写流利的钢笔像一匹自觉的奔马或一艘轻快的小船。真的，它是一支这么棒的钢笔，提醒我正在写作的题目：提笔的乐趣。

上帝保佑你，钢笔！在我少年时，别人告诉我工作是光荣的、有用的、清白的、卫生的，有益健康，对人的心灵很有必要。我对他们毫不理会，如同他们告诉我公务员一般是廉洁的，猪能够飞。照我看他们只不过说人云亦云的蠢话。直到那时我也坚信不疑那些在学校告诉我这些话的人不过是宣讲一通枯燥乏味、随随便便的老生常谈。但如今我明白他们告诉我的这些话是对的。上帝保佑你钢笔，写字的钢笔，装模作样的钢笔，狂热的钢笔，可笑的钢笔，光彩夺目的钢笔。求你，小小的钢笔，别辜负我对你的爱，想想有朝一日我将使你变成何等高贵的东西，那时你将要安卧在一个玻璃盒内，每天都有一群旅游者从上午十点到下午四点围着你瞻仰。正义的钢笔，义愤填膺的钢笔，高贵与光辉熠熠的钢笔。有朝一日我用你写一首不可等闲视之的诗——那是你我之间的一份契约。假如我自己写不出，我就抄别人的，但是你，钢笔啊，不管发生什么事情，在你寿终正寝之前一定要写出一首好诗，如果仅仅同弥尔顿的《快乐的人》一样也好。

提笔的乐趣还有一点，不同于其他乐趣的。那就是任何时候只要你愿意就有放笔的自由。爱情就不行。胜利就不行。荣誉就不行。

假如我从另一条思路开始，我本来可以称这篇东西为《放笔的乐趣》。但我从开始写它的地方起，一直写下去，刚好在它要结束的地方结束。

还有别的什么职业、学位论文，或智力活动等等，你能随意停止吗？桥牌就不行——你打下去为了决出胜负。演讲也是如此——要引起别人的反应。即便是交谈——你还得回答理解力不够的对方的种种问题。人生是如此，因为自杀是错误的。至于生命的自然结束，那更由不得你选择，相反，那是一切意外中最变幻莫测的。

但是钢笔只要你愿意就可放下。任何时刻：没有懊丧，没有挂虑，没有不光彩，你可以自由地做这件庄严的、具有决定性的事情（我正打算这么做）……放下它便完了。

一个使人心情舒畅的地方

我认识的一位熟人前些天来寻求我的同情……但首先要把他描述一下。

他是一个衣着细心但不利索的人，我不如称之为严肃有余，端整不足吧。他总是脸修得光光的，稀疏的头发剪得短短的。他从事文字工作，直白地说吧，是个文人。并且他有学术成就，是英国陶器制造方面的小权威。

他从来不是个非常优秀的诗作者，不是位地道的诗人，不过他的诗还是引人瞩目的，有两篇公开发表的作品受到政界上层人士的赞赏，至少有六七首诗私底下受到那个圈子内女士们的称赞。他的年龄已有五十四岁，还有，如果我说的话没有泄露他的隐私，他有点失意。

他来看我，我说，是为了寻求同情。我正坐在书房内看着倾盆大雨落在我们那已经浇透而成涝害的土地里。落尽了叶子的树木（在我们这地方长得低矮而粗密），在像有幽灵移动似的死灰色天空背景下呆呆地站着。他走过来，小心把伞撑开，不让水滴下来，放在石头地面的过道上——这个过道，确切地说有六百年历史了——脱下套鞋，请求我款待，还有（让我再三提起这一点）我的同情。

他说他急于想跟我说说全部过程。我非常愿意听，他的遭遇是这样的：

我的朋友（按他自己所说的）最近似乎发现他找到了一个使人心情非常舒畅的地方。

这个地方很高，位于一处可称为高原的地区。你走上一条大路，穿越一个又一个山间的峡谷，直到通过一道天然的岩石形成的大门，一片广袤的平原出现在你面前。远处由连绵的山峦最高峰所环抱的，是一条宽阔而壮美的、穿过这片高原的河流，你可以瞥见它的流域十分宽广，在它远方的河岸上，直对着石门的是一个非常可爱的城市。

这个城市的城墙质地古旧，在外形上庄严可敬。在城内可以看到同样古老的值得尊重的建筑，但是也有我的朋友以前从未见过的现代的房屋，它们显然适合于这里阳光和煦、温暖宜人的气候以及居民闲适的习惯。他们的屋顶是平的，有些地方用凉棚覆盖，另外一些地方则有花砖装饰的阳台，这些屋顶常常布置成一个小花园的样子。

树木在城里很多，较低矮的房屋上露出树梢，而它们的绿荫轮廓线显示出街道的走向。

我的朋友沿着通向平原的大路走下去——随着坡度的

降低，它具有更加开阔更加壮观的特征——路上他遇到一位旅行者，这个人好像也是朝城市的方向走去。

旅行者有礼貌地用英语问他，他是否到那个城市去。我的朋友觉得他不能佯装有任何既定的计划，因此回答起来有点拘谨，不过周围的景色肯定是如此令人心旷神怡，这个城市的面貌是如此令人神往，他很愿意立刻访问这片令人产生好感的土地的首府而不想在它的边缘逗留。

“那么随我来吧。”旅行者说，“如果我在这么短的时间内冒昧地跟你认识，请接受我的款待。我有一幢不错的房子在城墙的一边，我在公民当中的身份是商人——我要高兴地说还是个殷实的商人。”

他说话不装模作样而且极为和善，我的朋友发现这么一个同伴高兴极了，他们作为旅伴从容自在地走了几英里。

这条大路现在到了处处铺着正方形板块的地段，非常光滑，表面上是用什么大理石之类的材料筑的。在路的两边各有一条用闪亮的石头修建的运河式的小溪，溪水非常澄清。时不时他们经过一座可爱的神祠或塑像，当地人用花环装饰它们。随着他们走近这座城，他们发现一座壮观的桥，我的朋友认为，那是意大利文艺复兴时代的式样，有坚固的椭圆形桥拱，像这条路的全部剩下的地段一样，桥是用大理石建筑的，同时西边的栏杆是用短而对称的圆柱构造的，看起来特别赏心悦目，桥上有很多人来来往往，全都带着微笑，热情、欢快而忙碌，显然彼此基本上都认识。他们相互点头招呼，交换信息。一句话，这是一个非常快乐的群体。

我朋友的同伴一路上曾和他谈到过许多事情，似乎既彬彬有礼又知识广博，在他俩进入市区时，同伴问他有没有特别爱吃的饮食。

“因为，每次我款待客人总要——”他用笑声打断，“我要高兴地说，这是经常有的事，我总要问他，真的，他最爱吃什么。这很重要！”

我的朋友用我们习惯的平常客套话答复：“我真是太高兴接受送到面前的东西”“我预料我受到的款待会充分保证满意”如此等等。但他的同伴不愿他婉言谢绝。

“不，不！”他说，“务必请您干脆说您最喜欢的东西！要是您知道安排是多么方便就好了！……走吧，这个地方我知道得比您清楚。”他带着微笑补充，“您对这个城市的特产不清楚，在我们离开这条街之前请您十分干脆地告诉我。”——因为现在他们是在一条有豪华富丽，设备完善的商店的街道上——“可以通过它们办到您要办的事情。”

我的朋友被如此坦率的表达以及他从不知道的心胸豁达的程度所感动，于是报以微笑说道：“好，告诉您实话吧，这样的酒饭是对我有吸引力的：首先来两打阿尔卡欣种的绿须牡蛎，深深的壳给打开，汁都要保留，每只都要仔细地弄干净，都要搁在捣碎的冰块上，摆在特制的盘子里端上来，每只牡蛎要安放在供它用的小小的凹处，那都是设计好放置空壳的。”

他的主人严肃地点头，如同一个把对方说的话全部接受的人。

“接下来，”我的朋友用一种满腔热情的态度说，“是地道的优良的俄罗斯鱼子酱，凉的但没有冻结，这样再稍许放一点柠檬——这就至善尽美了。跟这一道，我想应该有一点巴尔沙克酒[①]喝，它可以冷藏到华氏38度左右。在这之后该有一道真正的肉汁清汤，我所说的肉汁清汤，是指长时间在罐子里慢慢地炖，适当地撇去汤上面的油，不仅加进常用的香草调味，而且要放一点胡萝卜或葱头，还要带一点龙蒿的香味。”

“对！”他的主人说，“对！”真心赞赏地点着头。

“接下来。”我的朋友在街头突然停下来，为的继续把他的菜单报下去，“我想应该有鸡蛋。”

“对！”他的主人再一次赞同地说，“我们要不要来——”

“不。”我的朋友急切地打断他，“让我说吧，煎荷包蛋，煎到恰好的程度。”

“这正是我要建议的。”他的高兴的招待者回答，“还有黑胡椒，我希望，用大小适当的木磨粉机磨成新鲜的颗粒，

① 法国南部巴尔沙克地方产的白葡萄酒。

大量撒在上面。”

“不错！不错！”我的朋友说，这时带着感情，“加上大粒结晶盐。”

一边说着他俩陷入一种心醉神迷的狂喜状态，我的朋友这时补充一句话而打断它：

“接着要来一点清淡的东西……最好是白酒炖糖腌火腿。然后我想，是菠菜，不是跟火腿一同上，而是后上。烧菠菜要完全不加调料。最后我们来一些叫作布里[①]的干酪作为结束。至于酒，在吃后来的那几道菜时我们喝欣伦的酒——欣伦格里尔。”他狡狯地补充说，“人称之为‘假素酒’，因为它看起来淡，喝起来醇。”

“好，妙极了！”他的主人说，同时拍着手，还加上一个结束的手势。“在这大量酒菜之后您还要有咖啡。”

“没错，咖啡要一边吃菜时一边烤，在冲之前临时磨碎，至于甜露酒嘛……”

我的朋友突然产生一点怀疑，他说：“我不敢要求那种叫‘阿克布斯’的甜露酒。我以前只尝过一次。四年前一位修士在圣诞节前夜给过我，我想它没有名气。”

“啊，要千方百计搞到！”他的主人说，“噢，在本地我们知道它并且喜爱它，如同它是家庭成员一样。”

---

① 原产法国北部布里的一种干酪。

我的朋友听到这样的事情简直无法相信自己的耳朵，他还根本没有提到雪茄烟。但使他惊讶的是主人拿左手放到他的肩上，直对着他的脸说:“要不要我提醒你来几支雪茄？”

“我坦白那正是我想的。”朋友说。

“对了。”主人脸上带着快乐的表情说,“本市有一种雪茄,气味芬芳,颜色乌黑,不辣舌头,比别的烟草要更令人满意。要是您吸它真理想。”

“噢。”朋友谦虚地说,“那敢情非常之好,让我们提出这些雪茄来圆满结束我们小小的筵席好了。”

“小小的筵席,一点不错!”主人说,“那不过是一顿非常粗淡的饭。不管怎么说,我高兴您列出了一份您乐于品尝的菜单。等我们有了进一步的相互了解,到时候我们就可以安排真正满意的盛宴了，但不妨说这对我们开头的午餐一定很不错了。”他开心地笑着。

“不过我是不是已给您造成很大的麻烦?”我的朋友说。

“您会很容易就看到多么方便。”他的同伴说。“因为在本市您只要吩咐,一切就可迅速如意地办到。”

一边说着话,他转身走进一个小小的办公楼,里面一名办事员马上记下他的指示。他转身出来:“现在,让我们回家吧。”

他们一路走下去，走到两条排列着私人宅邸和公共会堂的大街的路口，从这里走到一个没有界限的花园，但那花园是开放的，明显是公家的产业。不过在这里散步的人既少又不随便放肆而有礼貌，我的朋友没有办法分辨他们是他的主人的下属，还是仅仅不过是在路上碰到认识的熟人。

这个花园，在他们继续往前走时，变得愈来愈有私密性。穿过各色高大树木中的狭径，直到他看见一排高大的山毛榉树篱外的一幢房子，那完全是房子应有的气派。

它那清爽的砌得很好的石墙跟气候和天色完全相称，屋顶花园内有一个孩子在他们走近时向他们招呼，令人出乎意料之外而在情理之中。它那拱形、开放的长廊气派庄严，然而这个柱廊的内部装饰又这么平常，想象不出有什么比这里更宜人的住宅了。

伴随着温暖的晨光走进这个清凉的世界，仅仅回到这个家的过程就是一种幸福，庭院内有一口懒洋洋的喷泉的泉水正在汩汩地冒出来。

他的主人在走过庭院时低声说："我不知道您的习惯是在早餐前还是下午中间的时间内沐浴？"

"噢，先生。"我的朋友说，"如果我可以说真话，我根本没有这个习惯，不过或许下午中间最适合我。"

"当然可以。"他的主人用满意的口气说，"我想您做出了明智的选择，因为您预定的酒菜很快就会准备好。不过起码为了您解乏的缘故，我的一个朋友要为您安排一下，让您的手和脑门儿清凉清凉，洗洗脸和头发，让您穿上舒服的凉鞋，换换衣服。”

这一切都照办了。朋友的主人好意叫来一个仆人服侍他的客人，他称这个仆人为“朋友”，因为在这个人的态度上没有一点奴仆或下属的样子，然而这人的举止殷勤主动，同时沉默寡言，看起来真值得赞赏。

我的朋友如此这般恢复精神之后，服侍他的人把他引向一间很不寻常的小室。小室墙上挂有四幅画，看起来像镶嵌画——不过他没有仔细察看它们究竟用的是什么画法。这个房间光线明亮，布置和谐，通过大而圆的拱门，向外望去，墙外是美妙的乡村景色，这里完全为客人而设的酒宴已经准备好了。

在牡蛎（美味佳肴啊！）用盘子端来放在桌上的同时，主人用灵巧的手势把我的朋友彬彬有礼而亲密地拉到身旁，领着他穿过拱形的落地窗走到外面的露台上，他们一边望着墙外的平原和青山（那是多么赏心悦目的景致！），一边说道：“有一件事情，我亲爱的先生，在您用餐之前我想要对您说……这是一件相当敏感的事情……您不会介意我完全直言吧？”

“请讲，请讲。”我的朋友说，到这时候他已经愿意把任何事情托付给这样一位主人了。

“好。”主人继续小心翼翼地说，“是这么回事——您看到在这个城市里我们非常努力使人人尽量感到幸福。我们自己是幸福的,我们也乐于把幸福赠予别人:异乡人和旅行家,他们的光临使我们荣幸。但我们发现——我非常抱歉地说我们发现……那就是，我们不时发现他们本应圆满的幸福,不管我们向他们提供什么,总是被某种形式的焦虑而一笔勾销,主要是对来日收到赠款的顾虑。”

我的朋友吓了一跳。

“别！”他的主人急忙说,“别误解我。我的意思是有时候,是的,我可以说常常,尽管照我们看似乎可怕!我们的客人对金融方面的小额来往有一种成见。有些人在他们出身的可鄙的社会原来有债务,坦率地说,对这点我一无所知。其他人,虽然不负债,对未来又感到不安全。还有人,虽然富裕有钱,又受到他们诸多责任的挤压。现在……”他坚定地说下去,“我必须一劳永逸地告诉您,我们这里有个习惯,对此我无需否认——什么否认都一概不需要。每个进入本市的人,他进入这个城市就是我们的荣幸,感谢上帝,用不着那种废话！”当他这么说时,我朋友的主人如释重负地大大舒了一口气。“想到我们受欢迎的朋友在我们面前,为金钱这样俗气的东西发愁而受折磨,这是我们不能容忍的。所以事情明摆是这样:不管您喜不喜欢,一笔一万镑的款子已经存在你在本市国家银行的存折上,您用不用它是您的事情。如果您不用，我们的习惯是把它熔化为等值的黄金投放到河心,尽管我们对这种金属取之不竭,坦白说我们发现要理解它被别人加以夸大的价值是颇不容易的。"

"我不知道我会有机会利用这么慷慨的一种习惯。"朋友说,心中怀着格外不寻常的欣慰,"但我确实衷心感谢您。对这个城市愿意提供的,为我继续享受的巨大幸福也许是必不可少的任何款项,我将毫不犹豫地使用。"

"您说得好。"主人抓住他的双手说,"您的坦诚迫使我做出另一个表白,我们完全可以采用一种手段来准确地发现我们任何一位客人的特定境况:富人的种种责任,拮据的人的负债,前途未卜的人的焦虑。请允许我不失礼貌地告诉您,您的情况我和两位受托人已经知晓,他们是公务员——绝对可靠,至于他们,为了这件事,您就不要见了。"

我的朋友看上去不相信,但他的主人坚定地继续说:"事情就是如此;我要高兴地说,根据解决您的全部债务的所需费用,我们进一步存入另外五万英镑在您的国家银行存折上,我们已经把您的全部事情安排妥当。这笔钱在本市真的毫不在乎,您可以随意支取、享用。我希望您在这里居住期间是绝对安全的。那幢住宅,市议会和国民政府通过我请求您,您可以延续居住终生。"

…………

"你想一想。"我的朋友说,"我怎么感觉的?……牡蛎现在摆在桌上,在它们前面是鱼子酱,等着你去吃。巴尔沙克在原装瓶子里冷藏到恰好 38 度(这不在话下！),早已准备好……”

说到这里他停止了,凝视着炉火。

我说:“不过老兄,我以为你找我是为了寻求同情,结果简直成了要我饥饿和生气……”

“不!”朋友抽泣一声说,“你不明白!”他继续注视着炉火。

“好,说下去。”我生气地说。

“没有什么‘说下去’了。”他说,“我醒了！”

我俩都朝火看着或许有三分钟之久,然后我说道:

“你要来点酒吗？”

“不,谢谢您。”他伤心地答道,“不是酒的问题。”接着他不自在地起身去拿他的伞和胶鞋,走往过道和门。我想他在喃喃自言自语。

“我怎么能帮你才好？”我粗鲁地说。

“算了。”他叹着气,“我想你能……这是难以接受的失望。晚安！”他重新走进雨中,踏在黏土地上远去了。

北方的海港

在欧洲一条再望不到更远的海岸线的海岸上，一次我偶然遇到一个不相识的人。

那一天天气温暖,差不多风平浪静,但是从东南方吹来的一股轻风整天使大海生气勃勃。在海风吹拂下,海浪非常低小而漂亮,在下风向的花岗岩上碎成浪花,但不是溅起一阵阵泡沫,而是成为洁白平匀的一条线,薄薄的,你根本听不到汹涌的声音。不仅如此,在我驾船一直沿着海岸正对着北方驶去时,在船头左右的噪音是非常轻微而令人愉快的。那有规律的和风一成不变地吹向船尾，船的龙骨后端十分平稳。随着夕阳西沉的情况,海面也越来越平静。轻风依然在吹拂,这样的情况持续到将近午夜。我按照路线航行,几乎不觉得舵机的拉动。与此同时,日落还在继续,尽管我朝北方已驶得很远，所有那些属于北极海上六月的缤纷色彩随着拱形的夕阳西沉,还在照耀并且缓慢地变化,最后跟曙光融成一片。我在那次旅程中一直都能清楚地见到前方甲板的缝隙，船帆的纹理，木制品的天然色，索具、铜制品的金属光，甚至漆在小小的绞盘顶部四周的字母，那一片天光持续地保持着这样的状态。适合于黑暗的静谧，伴随海鸟的安睡，因为光明的持续而显得更强烈，我由于长时间的守夜和航行在新的水域，感觉仿佛经过了所有已知的地图上找得到的地方的边缘，最后越过了新大陆的边界。

在这样一种情绪下我看到前方一条石防波堤从海岸伸展到海中有好几英里长，在它的一头安装着一盏信标灯，如果你拉开你的舱房的窗帘，放进曙光，衬着半透明的天空，它的光芒就像一支蜡烛的光（苍白的大海上闪现着它破碎的反光）。

我朝着这个目标前进，发现一个小海港，十分安静地展现在渐渐亮起来的天色下。在它的码头上没有一个人，从它那石板盖的屋顶上也没有炊烟升起。气氛是绝对地恬静。小船在宁静的水面上轻巧地转悠，轻快地从堤岸旁经过，堤上的信标灯突然熄灭了，船帆没有空气鼓动，小船缓慢地驶向码头下的一片黑暗中。由于我不知道停靠的地方，我不想找别人可能需要的系泊处，但是在我的小船依然在缓行驶过余下的水程时，我抛下小小的铁锚，那是在低潮的一个小时之内，我相信潮水的准确性。

做完这一切之后，小船很快用力拖动铁链，我松开全部升降索。我把套子罩在帆上，一边干着活，一边向后面看，注意到在港口后面高高的山坡清晰地耸立在黎明中。我转向东方去迎接它。曙光还在升起,虽然我已经一夜没有合过眼,却情不自禁地不去睡觉而守望着天空渐渐亮起来。正在那时,当我把一切事情都安排好,我听见右方一个人的低唱声。

片刻之前,在漆黑的海堤下我本来是看不见它的,但晨曦变幻得那么快(时间将近早晨两点),我现在已能清楚地辨认出他的船和他本人了。

那船结实而高,有宽大的船身,一张帆是棕褐色的。他把它放松了。帆的后上角向下倾斜,准备升起,他本人在忙于甲板上什么工作,堆垛安放一捆一捆的东西,他一边干着一边独自轻轻地哼唱。这时我向他招呼,但声音很低,低到适合于那个地方的寂静,它给每个到这里的陌生人都留下了印象。他抬头望见我,告诉我没看见我入港,也没听见链子的咔嗒声。我问他这么早想干什么,是打算这时出海捕鱼,还是收拾包裹到沿岸去找工作或到别的港口去兜售货物。他回答我都不是。

"那么你打算出去的目的是什么呢?"

他用低声快乐地回答:"我出去是想看看海外的情形。"

"去海外什么地方呢?你是打算驾船去吗?"

他回答:"我在这片大海上往北航行,直到人说的再过去就没有海岸的地方。"他说着,向天边眺望,遥远的地平线现在从堤岸那里可以看得很清楚。他的眼睛充满白昼的光辉,他呼吸着正在增强的风,仿佛那是新生活和想不到的事物出现的保证。我问到他的安全问题,他有没有形成一个计划,为什么要从这个小小的地方出发,除非,可能因为这是他的家乡,他也许对它已经厌倦了。

“不,”他微笑着回答,“这不是我的家乡,我来这里如同你来这里一样,我也是在这整个地方入睡以后进港的。但在靠近港口时我注意到某些海岸标志和特点,那是原先就有人给我指点出来的。于是我知道我到达了这次海上长途旅行的出发点。”

“什么海上旅行呢?”我问道。

“一个英国教士曾经告诉我,这里是我应该首先到达的北方海港。在这里停泊的时间内,适当贮备好船上我需要的补给品,我应该在早晨来临以前扬帆出海,最后才可以万无一失地休息。”然后他又继续热心地说下去,虽然依旧用低声:“这是我最终注定要实现的航行,受我的愿望所驱使,目的是到一个地方去,在那里忘掉我们以前知道的一切,除开那些我们已知的使我们想到一种原始快乐的事物。在那个地方我会重新找到我体验过的完全满足的时刻,我会成功地保存它们。那个地方是在大海那一边的某个国度里,它有一个像这样的海港,只不过位朝南方,犹如这个海港位朝北方,但像这海港一样,它向外看到一片不为人知的大海,能享受到永恒的光明。至于这个国家幸福的人民是什么民族,或者他们讲什么语言则没有人告诉过我，但他们会盛情地接待我，因为我跟他们是同一种人。不过对这个海港就我所知我可以告诉你，它有一条山脉，被一个山谷截断，从山谷你可以看到一条更远更高的山脉，你朝群山之间的这个山谷前进，可以看到远在海中一块岩石上的一座塔，然后在高高的内陆山顶上有一块白色的菱形石头，这两样在一条线上的东西是引路的标志，你根据它们一直到达一条河流的河口，这样直到那个城市的码头。到了那里，"他结束他的介绍，"我将永远告别大海，人人都将知晓我的名字。"

现在太阳已接近地平线，但还没有升起，有一小会儿他没对我谈什么，我也没有跟他谈，因为他正为费力地操作升降索和扬起船帆而忙碌。他也松开了缆索的结，但手里抓着一头，把缆放出去，当帆慢慢鼓起时，他站在那里仰望，他的小船向我飘过来。他用膝盖紧压着舵柄，使帆迎风保持鼓满状态。

我现在从他的眼睛和声音知道他是西方人，因为我看不见他，开头我没问他从什么地方来，为什么要到这样的另一个地方去。所以这时我问他："你是爱尔兰人吗？或者从布列塔尼[①]来，或者从不列颠群岛来？"

他回答我："我不是从这些地方来的，我从康沃尔来[②]。

① 法国西北部一个地区。
② 英格兰南部一个郡。

当他这么简短地回答时，他仍旧观望着他的帆，仍旧用膝盖紧压着舵柄，仍旧放出缆索，并不转过身来。

“你无法到达这个海港，”我对他说，“它不属于这个世界。”

就在这一刻微风抓住了他欢畅的棕色船帆后上角，他放下了缆绳的尾端，它呼啦一声滑进了港口的黏泥中。他的宽大的帆艇倾侧向一边，迅速升起，刚好没碰着我的缆绳。接着他让它自由行动，它轻快地开走了。船航行时，他回过头，十分欢畅地笑着，他用目光向我致意，在晨光中对我挥手。

他娴熟地驾驶着小船。船后留下清晰的尾流。他让它直对着港口开去，经过防波堤首，驶向港外的海面。

实际上他究竟是一个出海捕鱼的渔民，对我隐瞒了真相，还是在他那次出航时，他打算在一个挪威的海湾登陆，或者认为在奥克尼[①]更好，或者越过大海，冒着死亡的危险到达他想要去的地方，我永远都不会知道真相了。

我守望着他继续远去，他肯定保持着一条航线。太阳升起，城市醒来了，但我不愿放弃远望。他的帆影在海上显出越来越小的一点，他没有动摇犹豫。有一个小时我看得见它，后来失去踪影，然后再看见它，它在缩小；再半个小时我

① 苏格兰北部的群岛。

不能肯定它是否燃烧起来。我还没有困倦，它已经消失了。

啊！我的同伴们，所有我以这本书奉献给你们和陪伴着我跋涉别的山山水水[①]，或跟我一道在勃艮第面对枪口[②]，或当我孤独的时候跟我在一起的人——那片海那一边的海岸是我们每次航行和前进要去寻找的地方，也是我们最终想看到的地方。我们的心目中也有着这个人在那个苏格兰海港扬帆出发前跟我谈到的那个城市，他向北方要去找他能找到的东西。我没有追随他去，因为即使我追随他我也找不到那座城市的。

① 指作者的著作《山与海》。
② 勃艮第为法国东南部一地区，这里指作者遇到的一次险情。

我知道的一位隐士

在亚平宁山的一个山谷里，天亮之前不久，我沿着一条山间急流的岸边走下来，不知在哪儿找个地方休息，因为我早已放弃发现能让人安然度过一宵之所的奢望，但希冀至少能偶然发现突出的岩石之下一处干燥的沙床，或密集树木覆盖下的一床松针，以便在那里睡到太阳升起。

当我依旧既抱着希望又漫不经心，步履艰难地前进时，一个人从我身后走上来。如同山区人那样，他走得挺快，因为我注意到全世界的山区人都走得挺快而且步履轻松（我说不出为什么）。他把脚弯成弓形，姿态灵活，好像山冈犹如波浪，他们仿佛是在波峰上跳跃。这对所有山区人来说都如此，只有少数人例外。

我说的这个人从我后面走上来，问我是不是往某个城市去，他告诉我它的名称，但因为我没怎么听说过，我回答说对它一无所知。我没带地图，因为那个地区没有好地图，一张不好的地图比没有更糟。我不知道许多城市的名称，除开沿海岸的大城市，所以我对他说：

“我对这个城市谈不出什么名堂，我不是到那里去。但是我急于要到沿海，这我知道距离挺远，要走好几个钟头，我曾经希望在户内或至少在某个窑洞睡一个晚上，然后在一大早出发，但此刻在长夜将尽之时我却在这里，没有安身之地，也不知道我是不是还能走下去。”

他回答我：“到海岸要四个小时，但在你走到之前你会发现一条岔路伸向右方，如果你沿着这条小路走下去（因为它上山），你会找到一个隐士的住处。等你走到那里，那位隐士就该起身了。”

“他会不会正在祈祷呢？”我说。

“据我所知，他不做祷告。”我的旅伴满不在乎地说，“因为他不是那种做祷告的隐士。隐士多但做祷告的少。不过你会发现他忙忙碌碌的，他是个非常好客的人。既然向海岸去的大路恰好在这里顺着山脚拐弯，你可以在他的陪同下看看下面的海港，以及风俗民情和公路，你将节约足足一个小时的时间，在上船之前可以充分休息，如果那确实是你要乘的船。”

等他把这些话说完，我谢过他，送给他一点香肠，然后自行上路，因为在我们相逢之前我始终无精打采，他走得比我快，这时我在听到好消息后，精神振奋，走得比他快了。

一切情况如他所描述的那样。在我身后亚平宁高耸和安详的山峰之上出现黎明，曙光最初在朝阳渐渐增强的金色背景上画出了峰峦的轮廓，接着在我周围的空间产生一种温暖和煦感，最后展现出下方山谷的空旷。还有，在更远更远的地方，是逐渐倾斜向海的一片平原。

精神受到白日到来的鼓舞，我更快地向前走去，最后到达一个有大理石雕塑的栅栏的地方。这地方看起来非常精巧，非常现代化，表现出一种神秘意味，标志着两条道路之间的分界，我按晚上我的旅伴对我提的意见选择右方的一条狭道走去。

走过大约一英里或多一点的路程后，这条狭路在两堵粗糙的墙之间继续升高，墙被高高的荆棘树篱截断。一路上还有零星的葡萄园，随着坡度上升你可在篱墙的枝条间隙瞥见不停汹涌的大海，随着你的登高大海变得愈来愈宽广。远方的岛屿最初看起来不过是沿着天边的小朵云雾，这时显露出来成为全景的一部分。

于是最后在我到达山顶时，小路拐了一个弯，沿着俯瞰海边平原的峭壁斜面平伸，我看到了下方在坡地和远处海岸之间大片的乡村。在当前强烈清楚的日光下你可以看到这块平原已经充分开垦，有房屋、烟，生活不错。

远处，稍稍朝北，是一大片城区，伸入地中海，形成一个指挥和表示要求的手势，那是海港的新建区，形状如同一支手臂。

看到这些情景我很满足。我不知道那是长时间熬夜的结果还是黑暗与光明对比的影响，但肯定在山间度过一个寂寞的夜晚后，走进平原上文明的阳光里，对任何承受苦痛还是安慰的人来说都是人生可贵的经历。我看到右方有一个窑洞模样的东西，或者更确切地说，一个小小的得到细心照料的神祠，会有一个人从那里打招呼时，我几乎想不到眼前会出现这样一幕景象。

我转身看见那里有个人，年纪不太大，可是仪表令人起敬。他大约五十五岁，可能还不到，但蓄着稍长的灰白头发，胡须非常丰茂漂亮。是他先招呼我。他穿着一件长袍坐在一把现代式样而相当华美的椅子上，旁边是一张栗木桌子，桌上放着几本书，我看到是用好几种语言写的，其中有两本不仅是英语而且上面盖有一个英国流通图书馆的印章，这个图书馆就在我们脚下的那个城市。在桌上有准备好的白面包与蜂蜜的早餐，一把棕色的大咖啡壶，两只白杯子，还有盛在一只银碗里的羊奶。他请我分享早餐。

“这是我的习惯。”他说，“要是我看见一个游人走上我的山路来，我就请他喝一杯咖啡，吃一碟面包，要是中午则请他喝一杯酒。晚上，却没有人来。”

“为什么没有呢？”我说。

他回答：“因为这条狭道绕着石壁下去不过几码远，那里有个悬崖是路的尽头，我们在这里的小阳台差不多就到头了。

说实话，我选择这地方也就是为了这个缘故，我最早来这里的时候看到它的高度和与世隔绝的环境很适合我的隐居。”

我问他这是多久的事了，他说将近二十年了。他补充这段时间他都住在这里，一季下山去不过一两次。他不多的朋友里，包括那些替他送食物来的人，还有几个农民。他们多年来种他们的地，向山顶发展，以及时不时偶然遇到像我这样的旅行者。但这些旅人，他说，不过是交情不深的朋友，因为他们通常在歧道上迷路，气喘吁吁，怒气冲冲地到达他的住处。我向他保证我的情况不是如此，因为有人在先一天晚上告诉我如何找到他的隐居处，我是有目的地来访问他的。对此他微笑不语。

我们现在是同坐在桌旁又吃又谈，我问他是否有了神圣的名声，或者人给他赠送食物。他稍稍犹豫一下回答，他认为是有了招魂术的名声而不是别的什么，也由于这个缘故总是很难说服邮递员给他捎来从下面的城市定购的英语和法语书籍，虽然这些书籍是完全无害的，它们通常是由女作家和科学家写的小说、游记，或资深政治家的传记。至于食物当地人确实带来给他，但不是跟一首田园诗里写的那样，是出于好意。相反，他们要高价，他的主要困难是面包，因为不新鲜的面包他不要。在宗教问题上他不是没有信仰，而不如说他同时信仰好几种，只不过在一年中的这个季节，当万物更新，令人心旷神怡时，他并不利用任何一种宗教而是把它们放在一边。由于他最后这个说法对我毫无意义，我转向别的话题，对他说：

“在任何孤独的状态下，冥思是灵魂主要的事情。那么你说你不做什么仪式，又如何充实你孤寂的心灵呢？”

在回答这个问题他变得更活跃了，说话时声音里带有一点笑意，似乎又返老还童了，我的问题好像引起了他一生美好的回忆。

“我所冥思的——”他说，随带着大幅度的手势，“是下面这片广阔而富足的平原，这个大城市以及它的港口和川流不息的船只、道路、建筑，每条耕作的田野，人们永不停止的活动。我观望我的同类，为他们感到光荣。我远离尘世，不受个人磨擦的干扰，然而又近得足以跟这么多的生活现象每天相伴。早晨当他们全体在劳动时，我受到他们的精力的鼓舞；中午和下午我分享他们吃苦耐劳的饱满精神；黄昏，一轮红日在海天相接处沉落而放出几道光芒时，一切工作停止，我跟他们一同歇息。当我再看不到人群和他们的活动，在薄暮下沿着海港前方慢慢进入黑夜的灯光使我想到他们，在他们的一天劳累后休息时所爱弹奏的音乐，和他们所唱的远远的深入夜色的歌声也是如此。

“回顾过去，那时我约莫是三十岁，已到过许多地方，见过许多人（我从事的是外交工作）。在我的同事中，相比之下，以我的财产要过外交官的生活是很不够的。我的青年时代因此是焦虑不安、屈辱而拮据的。在一个别人狂欢而我郁郁不乐的假日，我从首都离开，偶然来到这个你也看到的窑洞和台地。那是一个上苍透露启示的日子，我清楚地看到这青山一角别有洞天福地，决心永远留在这样难得有一个朋友的环境里。有短短的一阵我跟世俗保持接触，通过报纸报道，我看到据说我已被强盗打死或被野兽吞食，但这种玩笑很快使我厌倦，现在我已忘记我许多朋友的姓名了。”

我们沉默了一会儿，然后我又说：“不过总有一天你会在这里孤孤单单地辞世的。”

“为什么不会呢？”他平静地说，“对发现我的人那是讨厌的事情，但我已经完全无所谓了。”

“那是亵渎上帝啊。”我说。

“圣·安东尼神父是这么说的——”他立即回答——不过作为一种责备，一种反驳，还是仅仅一种说明，我就不明白了。

一小会儿之后他建议我在天气热起来旅行不便时到下面平原去。我跟他告别。为了转移我的心思，我一路默读简·奥斯汀的一部小说，以后我再也没有见到他。

在我的旅途上遇到的许多奇人中，他是最奇特的人之一，也是最不幸的。我写的关于他的每一个字都是真实的。

吃葱头的人

离我家不远处有一座山冈，从那里往北和往南望去可以看到连绵的一片土地，这景色是在西欧我所知的任何山丘高处看不到的。南望是靠海的平原，大海背衬着天空呈现出一条光带的形状，北望则整个是旷野。

从山巅眺望，视野绝不受任何现代城市的干扰，但至少有一批这类小市镇，它们是英格兰南部令人喜爱的地方，形成从一处到另一处，也就是从这个岛屿的淡青色的白垩丘陵带向东直到肯特郡群山的景观。

很远的远方，一度是我们全郡的发源地的那座大教堂，它那高高的模糊的尖顶，轻盈地直插天空，把这片景色美妙的远方轮廓聚集在它周围，好像是它的建筑者们认为理应如此。在这样一个地方，三天前，在英格兰，这样一座瞭望塔似的高高的山冈上我遇见一个人。

我一直驱策着我那亲切友好和光荣体面的坐骑有两个小时了，所以疲惫不堪，在一座荒废的牲口棚里休息了好久。

我成为他的旅伴，有两个小时了，我告诉过他一百件有趣的事情——对这他压根儿没有什么答复——我带着他沿一条我俩谁也不曾走过的小道走下去。这条小路被靠近瓦尔特海姆的养狗场所截断，然后又朝亘贝尔和无人地之间的乔木林方向而去。它穿过一片枯叶林，再孤零零地通向森林的深处，然后在这里消失而成为愈来愈不分明的一点痕迹。最后它完全不存在了，大约有半小时左右我小心翼翼地往前推进，总是向上攀登，拨开树枝，沿着有刺灌木的幼苗嫩枝寻路前往，直到最终来到那块我早说过的露天空地——这也是我从童年时代起就已知道的。我走出森林，一股西南风迎面而来，充满大西洋气息，似乎从乐园吹来。

当我止步并注视北方和南方，下面的旷野，然后又眺望大海时，我想起了那个公开宣称他掌握了地上所有的权力的苏丹的故事，他亲手把每个他生活过的快乐的日子记在一块书板上，当他快死时，发现一共是十七天。我知道这个异教徒苏丹本来的打算，我记起这个故事，内心反思，但我满意反思的结果，因为到目前为止，我自言自语说："今天是我快乐的日子，白天快要过去。我要把它算作一天。"正在这时我看到一个男人的身影出现在我前面，他慢慢地悠然走过这片丘陵地带。

他身体健壮，举止从容，衣衫褴褛，面容开朗，晒成青铜色。我决定立即下马跟他说话，我牵着马缰，拉着马往前，直到我俩碰头。于是我问他去哪里，并且按我熟悉的本地空旷山野的习惯，问他路上需不需要我的帮助。

他回答不需要帮助，因为他没有目的地，他离开大路爬上山为的是找乐趣，也为看看山那边的风光。他还带着明显的愉快对我说(用有文化的人的语气)：“这的确是活得有劲的一天。”

我觉得这是一个奇遇，因为并不是每天在这一带都碰得到一个孤身的有文化的人，衣衫破烂却快快活活。因此我立即卸下马具，让马儿去啃咬青草，我在罗马大道[①]的边上坐下来，手里拿着鞍和辔头，拔起一把草擦着马的嚼子。陌生人坐在我旁边，从口袋里掏出一块面包和一颗葱头。我们于是谈起那些人类应该主要关切的事情：我的意思是灵魂的幸福与精神追求的目的。在这些问题上我觉得他更准确，更有思想。

首先，我对他说：“今天我也是充满快乐，并且，当我从瓦尔特海姆登山时，我得到诗的灵感，在我的内心作诗，完成两年来一直在愉快地构思的一段。但是我容易快乐，因为我是在马上，身体暖和，又吃饱了，可是即使对我来说这样的日子也是变幻无常的。在我的生活中这样的日子不多。它

① 罗马人占领英格兰期间，从公元一世纪至四世纪修的道路，现已不完整，但成为宝贵的历史古迹。

们每天都清楚分明，因为这非常难得，并且在性质上跟别的日子是那么不同。”

“你最后一句话说得对，”他说，“它们的确跟我们的生活中所有的普通日子不同。但你又不对，我认为，你刚才说你有马骑，能吃饱穿暖，其余凑合度过这段难得的满足的时候就行。富有使我们的日子过得比较轻松，贫困使它们比较艰难。但贫困根本不能让灵魂绝望——那些自杀的人是既不穷也不富的。更不用说财富从来买不到这些特殊的时日。今天我也充满这种精神，上帝知道。”他一边把葱头切成两半，一边说，切开的葱头发出强烈的气味，“上帝知道我什么也买不起。”

“那么告诉我——”我说，“你认为这种时刻从何而来呢？你愿意给我半个葱头吗？”

“我非常乐意。”他回答，“因为没有人能吃整整一个葱头。至于另一件事情，为什么我们有快乐的时候，我认为是天堂的门时不时打开一下，而它的光在开闭之间从里面照到我们身上一会儿的缘故。”他用欢乐、严肃的神情说这句话，他乌黑的眼睛放着光彩，大胡子被风吹得稍稍飘动。他接着说：“假如一个人成为大城市的富人的奴隶，这是人类最可悲的，不过这样的日子会来到他身边的。对于邪恶的富人和有权势的人，这些日子到来时会给他们的脸上深深打下耻辱的烙印。他们来求你，你说，像大多数人一样在忧愁中劳动吧(我认为如此)。这些人,只要英格兰南部可以自由地进口葱头,他们会来求我的,我不劳动,也不发愁。”

“我相信你说得对。”我说,“我尤其赞赏你吃葱头的气味,它们包含所有人体健康需要的东西;它们促进睡眠;它们也许可以叫作使你满足的苹果,或者也可说是人类的水果伙伴。”

“我总是说——”他严肃地回答,“在那两口子[①]离开伊甸园的时候,他们藏起一个葱头,把它带出乐园,我因为认识一个恰如其分地尊重和喜爱葱头的人灵魂深受感动,因为这样的人是少有的。”

“对了,”我告诉他,“在康姆布山下的登克顿有一家不错的小饭馆。你有钱付账吗?你要不要从我这拿点钱去?”

“你能给我多少我都愿意接受。”他用非常高兴和爽气的态度回答。我把钱掏出来数了数,发现身上只带着三先令七便士。“这里是三先令七便士。”我说。

“谢谢你,真的!”他回答,拿了硬币,把它们裹在一块小小的破布里(因为他衣服上没有口袋,只有洞眼)。

“我希望我们还会碰到,有时间再谈谈更多的事情。”我遗憾地说,“我们的意见非常一致,像你和我这样的人常常是寂寞的。”

---

① 指亚当与夏娃。

他耸耸肩膀，把头侧过一边去，用眼睛打量我，接着坚决地摇摇脑袋说道：

“不，不——我们不会再相遇了，这是无疑的。”非常热情但简短地谢过我之后他大踏步走下康姆布山往登克顿和旷野的方向而去。我不会再见到他了，直到世界的末日。

街头画家

我们这个时代所有的画家当中我最喜欢街头画家。我似乎觉得他具有艺术发展到全盛时代的那些艺术家所具备的素质。他坦诚地依靠赞助，他淡泊名利，他甚至对自己的作品不署名。他热爱他的作品，看到他专心致志、兴趣盎然地追求效果令人钦佩。他坚守精益求精的传统，这是一切优秀艺术的精髓。他从事传统绘画题材的创作，这些题材是吸引他的广大同胞的那一类。他好像毫无妒忌之心，远离富人的恭维吹捧。他不属于任何流派，也绝不说什么内行话。他从该开始的地方下笔，有条不紊地进行，若偏离一步则会把一切搞糟。换句话说，不论是一只苹果，一幅夕照，暴风雨中的一条船，或是一位帝王的肖像，他都力图逼真再现他要画的对象。他的色彩是我们人人心目中纯正的色彩。天是蓝天，除开黄昏，这时是红色；草是绿的，涌起的草浪则是白色。他牢牢掌握一条永恒不变的原则，那就是你的创作必须在限度之内进行，他给自己的技巧规定一个框框。他开始先画一个轮廓。他非常正确地借助于感情，而且更为正确的是，如果他觉得他的画是讲一个故事，他会因此画得最出色。他毫不想使中产阶级惊骇不安或得罪他们，或依靠他们照顾。他撒谎，如同人为了利益会单纯地、卑躬屈膝地撒谎。像所有的好人那样，他不愿在口头上说谎而宁愿在行动上骗人。这就是为什么他总是在别人放几个便士到他帽子里去的时刻，把里面原有的便士拿出来，使施舍者以为他整天一无所得。

即使在街头画家中间我也有偏爱，虽然他们全都非常出色。有一个在我的寓所附近。每天早晨我到伦敦的路上都遇见他。严格地说他不算一个单干户而是属于一个有组织的集体。虽然画是由同样的手绘成的，可是不同的人在不同的日子露面，接受艺术才能的报酬，我完全相信他们的收入足以维持四五个家庭，因为我住的这个街区，居民家境富裕，有钱施舍，但还没有富到贪婪的地步。我高兴地注意到在他的(或更确切地说他们的)内心热烈希望保持自己提出的价格的重要性，不过他决不讨价还价。他不会撕毁——他们不会撕毁——一张回报不起的支票，把碎片还给赠予者。你也许把支票的金额随意压低——我肯定他会接受。有一天我会做个试验的。

一切艺术品今天都要碰机会。现代人的审美趣味变化得令人不解，其实道理挺简单，当前人们根据权威的说法相信一件作品的美丑而自己不能判断。不仅审美力发生改变,市场流行的样式也发生改变。只不过半辈子前,流行为新富起来的人用风景作墙壁的装饰画,今天这种东西已过时。眼下你必须要么画广告或美女,要么画政治家的肖像以谋生。靠颜料不行了。整套整套的风俗画已经陈旧可笑。我说它一贯是一种碰机会的行业,但街头画家比他画室里自命不凡的兄弟的机会要牢靠些。只有一件事使他发愁,那便是天气。在一个地道的雨天他不能用他的画具把自然改变,因为他的画纸渗色,他无法通过他的艺术手段表现他对世界的反应,因为在潮湿的天气下手段无法施展。

我知道这一大批人中的一位,他想出一个办法克服这种困难,把画板靠在一方有遮盖物的墙上,在打光纸上作画。但他大胆的尝试未获成功。这有两个原因:首先,公众觉得他悖离传统,他没按他们预期的那样画,所以他们走过他身边不停步;其次,人们在雨中是不慷慨大方的。因此,街头艺术家们注意天气,比水手还要关心,我们审美圈里最忠实最爽直的那部分人就是这么做的。你用心注意吧,一个雨天的上午赶不跑他们。他们观察着,只要石头干到可以上色了,马上就会回到他们经常出没的地点。

虽然这些人缺乏他们那一行的恶习,我认为,可以吹嘘在道德上,也在美感和正确的创作观点上比他们更富有,他们绝不发表回忆录;他们也挺正派,不在背后议论别人,但是除他们的作品之外，用同样的媒介作出有权利获得公众注意的简单声明。有时他们告诉我们工作完全由他们自己支配；有时说他们已结婚还有儿女；有时说他们受过伤；有时告诉人他们没有别的生活来源。我很愿意看到这种习惯扩大到整个行业。我很愿看到一个立体派画家在画布左角下用深红色笔写下“我是画得最好的”；或某位画家以糖盒上的肖像风格画一位有钱的太太，下面的题词是：“完全是我画的，没有代笔。”我想，也许更好的，是那些每几个星期作为新发现的天才从我面前经过的十分讨厌的现代寄生虫，用黑体正方形字母写道：“一个已婚，有六个孩子的男子。”没有人相信他，除非他的地址是来自切尔西[1]。但不管怎么说，那是对体面的道德的一种颂词，是我们这个时代极为需要的。

谈到这一点，我奇怪现代赶时髦的画家为什么不做广告。没有什么职业上的规定反对这一做法。他们很熟悉有钱人读什么评论文字，一个特别合适的园地是纽约的周刊，尤其是文化趣味高雅的那一类。“斐利普·考布尔先生画过两幅公爵夫人像和一幅炒股者的像。他也能画动物，使狗看起来像人。他乐于把他的作品用三色加工的缩小样品寄上。”

头一个做这类事情的人只会遭到鄙视，不过假如继续

① 伦敦的时髦地区，作家、艺术家的寓所多集中于此。

下去就会产生竞争，我肯定这是合算的。要是把某个画家的肖像作品用彩色复印得相当不错后整版登载，表现一个极坏的人却有着一副善良、聪明、坚定的面孔，像平常的肖像画那样穿着奢华，那就更好。那么从纽约刚好乘船赴欧洲的人会记在心里，其中有人肯定会上当。

我一边写作，脑子里想得很多。比方写上“我模仿柯罗[1]”附上信箱号码地址，准备有人来函时寄奉样品。世界上再没有比带实例的行业更有效果了。用广告推销硬领或威士忌以表现戴和喝广告上的商品的人快活似神仙，当然很好，也没有点影响，但不能使人坚信不疑。然而雕塑、油画或素描的复制图照就是作品本身。比方说，倘若某人创造一座不错的半身雕像，让他拿出一批有签名和地址的小复制品，三至四英寸大小，到旅馆饭店去卖，作镇纸和擦火柴器用……但这已经使我离开街头画家这个话题了。所以现在我要把文章放下到大街上去，通过观察，发现下一个题目，让精神恢复。

① 加米尔·柯罗（1796—1879），法国风景画大师。

谈小饭馆

此刻我正坐在一家小饭馆内。不到半小时前我还闷闷不乐地认为小饭馆是注定会跟别的美好事物一道消亡,然而现在我觉得它们有一点希望，能在老朽的环境中找得到出路。

虽然小饭馆作为一个民族美好生活的最后微妙现象是处于岌岌可危的境地,但它还是可能幸存下来。

在我写作本文时我身边的这家小饭馆（法律禁止我说出它的名称）是英格兰南部小饭馆中最有派头的，不仅如此，正是在这个地区才俨然保存着世界上最有价值的一些小饭馆。在它的客厅内,当你一走进去,椅子上放着一桶桶苹果酒,饭店的女主人真诚而和蔼可亲。她接待你的态度使你愿意进门。她喜欢她的这种生活。她年轻时的美貌遗传给了女儿,姑娘在酒吧柜台上服务。她的儿子身体强健,提行李的任务由他负责。整个地方是个地上乐园,像踏进那个客厅人们会不由得犹豫起来，是享受它的充分然而是残留的乐趣，还是考虑今天一切美好的事物可能丧失的危机呢。

想一想吧，你们这些旅人（全体，不管什么职业，因为没有小饭馆，你们谁也休息不了），想想小饭馆是怎么回事，还想一想它会不会理所当然地既不致引起你们极大的担心，也不会招致你们非常的钟爱。

一家小饭馆是属于建造它的那个民族的国家的。假如你想证明基督教世界的统一，除非通过好多不同的国家，每一个国家又有好多个不同的县和省，每一个县和省又有若干不同的乡村才能成功，那么小饭馆会为你提供那样的证明。

假如任何愚人在你面前声称人类的博爱使一个正派人成为超越民族偏见的世界主义者，你可以用一个小饭馆的例子反驳他的谬误。

假如一个人有这么无耻，在你的面前认为人不应爱自己的国家，不该忠心地保卫她，那你就用一个小饭馆的有力的画图使这个荒唐到如此地步的蠢才无地自容吧。假如他厚颜无耻地说什么倒霉的巴比伦或别的什么地方比一个小饭馆好，你就查一查他的祖先为何许人。

因为事实上小饭馆（愿上帝保存它们，并且让残存的不多几个，不管处境危殆，为我们的子孙产生一大批新的小饭馆）是一个民族的镜子，同时也是民族之花。多少年人们在友好的气氛中和亲切的萍水相逢的方式下所产生的风味都凝聚在它们的全部镶板中(小饭馆都是有镶板的),使它们的炉火增添香馨(小饭馆没有暖气,只有炉火)。但是这种朋友之谊提炼出的精华是与众不同的,省与省之间更不同,国与国之间,地域与地域之间尤其不同,就好像欧洲各国的语言、音乐或其他精英文化成果的不同。

在巴斯克[1]的吐德苏塔岱就有这样的一家小饭店。那是巴斯克人为自己建造的，也是为那些到他们这里来参观可喜的山间溪涧的游客建造的。一条小河在阳台下流过去,沿着唯一的一道石墙淙淙地唱,在它前方,高高地衬托着夕照的是一片叫做虎林的森林,覆盖着一个岩石磊磊,被称为鹰峰的高峰。

如今除了难以理解的爱清洁的巴斯克人，没有人能建造那样的小饭馆,也无法赋予它特有的令人爱慕的神气。在别尔恩的乡村[2]或加斯孔尼[3]都没有这样的小饭馆。

在法莱斯[4],诺曼人通过近一千年的文化成熟过程才缓慢地产生一个小饭馆。我认为这个小饭馆好到无法跟任何东西比较了。它像夏夜的一棵树那样安静,它烧小龙虾的方法令人羡慕。然而这些诺曼人无法建造那种巴斯克式小饭

---

① 巴斯克地区,在法国与西班牙交界的比利牛斯山西部。
② 法国西南部一省区。
③ 同上。
④ 法国西北部一城市。

馆，要是一个人把一种形式揉在另一种之内，把两者的特征都消灭，那他就是个歹徒恶棍，人家也要这样看待他。

但英格兰南部的这些小饭馆（它们仍旧那样完好！）要怎么赞美它们的色香味与精华才能恰到好处呢？在欧洲没有像那样的地方，全世界也没有超过它们的东西，在它们的垣墙之内和餐桌旁你才知道英格兰南部过去的文化及其背景。如果它完了那文化和历史也就完了。最后一切都消亡了。如果它完了——那么，热爱它的人也无需继续因悲悼它而拖延时间。如果英格兰南部的这些古迹消失了，干脆就死在那些遗址上为好。

英格兰南部的古文化是不是会在我们的时代消亡，你可以通过它的小饭馆来作测试。假如这些小饭馆经受不住我们今天的混乱，如果它们未能绕过威胁我们的宗教和饮食的问题，我们的古怪念头和我们最热爱的种种东西的问题——那么这里就完了。假如，假如（我简直不敢提出这样一个异议），假如小饭馆将坚持得稍微久一些——那么英格兰南部将渡过难关，欧洲又可以呼吸。不要介意她的任性，她的愚蠢，她的罪过。下一回假如你站在一座山冈上俯视她，为英格兰南部祈祷吧。因为假如代表她的文化古迹消亡了，我也活不下去。作为她的病症（有人会说是她临终的痛苦征兆）你密切注意她的小饭店。

在小饭店的对头当中，富翁、迟钝的人、盲目的人、胃弱的人，和对自己都言不由衷的人，我且不谈他们本身，但要谈谈他们的影响。为什么这类毁掉别人希望的人如今那么有力量，为什么上帝还要使他们骄傲一时呢？这非我们所知。这个道理是我们这辈子生活的奥秘之一。但他们之强有力却是所有热爱小饭馆的人，热爱正当生活的人都十分清楚的。也是十分痛心的。他们力量的影响关系到我们，好像使我们的肉体消瘦，使我们的血液变白。

存在着一种毁灭小饭馆的暴饮暴食——这样说虽则听起来荒谬，因为人会想好吃对小饭馆不是正好吗。确是如此，倘若那是老派的真正好吃的话，英国文学中那首使我们的祖先以好吃出名的歌是这样开头的：

> 我不是个好吃鬼
> 但我确实爱馅饼。

但有害的好吃贪杯，也可以称之为魔鬼的暴饮暴食，是另外一回事。急不可耐的酗酒犹如吸毒，这种行为是可耻的，是见不得人的，好酒贪杯之徒只好躲到屏风之后去滥饮，没有人作陪。这是一桩可憎的事，它的力量足以把一家基督教小饭馆毁掉，首先以豪华的小酒店代替它，随之，为了防止酗酒，这类难看的地方只卖茶、咖啡和刺激嘴和胃的汽水。这些地方是绝望的温床，自杀者在里面度过他们在人世上的最后几个小时，独自消耗那些饮料。

再者小饭馆的另一个死对头是豪奢。富翁在城市里有他们的特别住宅，与普通老百姓隔离开来，这样小饭馆就不会盖在他们的邻近地区了。在这一问题上我大为赞赏在伯克利广场的西面，在兰斯道恩府以及查尔斯大街以东一带的富人小区，因为他们容许在其中建立“润宁佛特曼”[①]这样的小饭馆。在最后审判日这将算在他们可恨的罪过之内加以衡量，到那时，人的罪孽将不会轻轻地，小心翼翼地放到天平上，给你公正的惩罚而是由心怀不善的魔鬼砰地一声使劲掼下来。

再者，小饭馆的又一个非常微妙的对头是贫穷。假如把贫穷推到不人道的极限，你会注意到，尤其在英格兰可怕的北方大城市，那里不止一家饭馆曾经一度享有盛名，也许是匹克威克先生[②]光临过的，如今破败不堪，无人问津，邋里邋遢，成了一个污点，直等野蛮的改造者到来把它拆掉，成为在别处得不到施展的儿童游戏的空地。

更有甚者，你看到把旧的拆掉，原地盖起一幢用钢铁和泥灰，也就是钢筋混凝土的旅馆。这无异谋害。

读者不要对我产生误解。许多小饭馆自称为旅馆，对此

---

① 意为“跑腿的仆人”。

② 狄更斯小说《匹克威克外传》的同名主人公，故事中他曾多次离开伦敦去英格兰各地旅行调查风俗民情。

我不准备抬杠，任何旅行家也不在意。这是个名称问题。有少数讨厌可恶的旅馆自称为“饭馆”——这是不正当的虚荣心作怪，以玩弄名词为花招，实际名不符实。

在我还是个少年的时候我知道英格兰南部有一家小饭馆，它坐落在一片落叶松林的边缘，一条宽广的公路上。每到春光来临我出门走走，常在这里遇到驾大车的、旅行家，还有猎场看守人、养马人兼马贩子，有时候还遇得到来往于港口的水手。这些人满肚子的故事。落叶松长出新叶的时候青翠欲滴，这时节林子里小鸟欢鸣，大路上寂静无人，因为高架自行车极少，低架自行车还没有发明出来，有钱人则乘火车，只有大车和车队以及骑马的人利用空闲的路面。

如今这家优良的小饭馆已不存在了。约五年前我正在店内，奇怪它改变不大，虽然内燃机车和兑换钱币的人川流不息地大叫大嚷地经过，没有偷猎者或吉卜赛人或守林人可以交谈。当时一个十分潇洒的年轻人，带着两名助手进店，他们开始测量、计算，两英尺两英尺地画线，草草地记录。这是计划。接着施工。隔了一年，在春天我经过时，我看到在原地代替我记忆中青年时代树木森森的小饭馆的是一堆该死的钢铁架，工人给它砌一层薄薄的砖，好像蒙上皮肤。再隔一年，这怪物就盖起来了，活了。旧名称（人称它为“乐呵呵”）在一块庸俗的曲线形招牌上炫耀。招牌是铸铁的摹图，以模仿锻造品。砖的外层都涂上虚假的白色，伪装成半木结构，这层白色是有图案的，仿佛由波罗的海国家出产的木材构成，带有污染的黑点，缝隙间还打进一些木钉，像柴郡的建筑，不像本地的。窗户的格子不像话，辱没了窗户——里面有三个酒吧。大门口站着迎宾的老板，里面每个房间，不论楼上楼下，都住有客人或他的仆佣。

竟然盖起这样的玩意儿而我们没能阻止，这不是小事。

所有的小饭店都从城市被赶跑了，大部分也从乡村被赶跑了。没有人愿自觉地挽救它们可爱的屋顶，包括保存伦敦邦德街[①]的虚伪有钱人。改变你的感情吧，否则你将失去你的小饭馆，或者你活该失去。但是如果你一旦失掉它们，空无所有的你活着也就没有意思了，因为你失掉了英国最后的文化古迹。

---

① 伦敦的一条繁华的街道，多高级商店。

说　桥

在为满足人的需要而造的所有建筑物当中，桥是迄今在审美上最成功,在结构上也许却是最不结实的。

从有记载的历史开始,你就看到不断发生桥损坏断裂,被洪水冲走的一长串故事，直到这类事故跟别的建筑物的塌毁相比成为家常便饭。不仅如此,人的努力有一个限度,这个局限标志鲜明,在其他形式的建筑物方面,通过衔接空间的宽度和长度达到崇高壮丽的美观，那种努力已经成功地取得进步,常常是进步迅速。但是桥,即使克服较小的障碍,人们也感到那是一个特殊的胜利。有一种诱惑力使人把它们建得超过当时技术允许达到的水平。你可以指出在西欧的十几个地方(亚维农[1]是最著名的),这种努力取得了成功，还有几百处今天看来不过是克服一种微不足道的跨度与高度,当时也被看作是奇迹,直到今天还带有令人惊奇意

① 法国南部城市。

味的某一别名。

同时，桥在结构上虽则依然具有危险性，然而在我们这个工业时代前的所有世纪中在审美上是一种成就。它从来不是难看的；通常是漂亮的，有时简直是美到得意扬扬，在这一点上它对所有其他形式的建筑起着带头作用。不是说因为桥在艺术上的成就更加复杂，别的建筑物就没有它那样了不起，而是因为桥普遍都美，例外的较少，或者更确切地说，完全没有。我记不起，比如说，1750 年前，或稍后，西欧建造的桥未能使人一饱眼福，我不假思索便可以举出五十座桥来，它们堪称杰作。

今天情况恰恰相反。我们的父辈认为人无法克服的困难，即联结东西的跨度，形成一条车辆的通道，或者他们认为同样无法克服的，即让河水通过的桥拱的高度，已成为平常的问题。与此同时，在我们一切美观的东西的失败上，桥的坍塌断裂是最令人瞩目的——而且情况越来越糟。随着混凝土的问世，从而使桥成为丑陋的，甚至不堪入目的建筑物，把它变得如此丑，钢铁是个祸首。

值得深入了解这种对比之下的差异，看看我们能不能发现其原因，目的在于希望找到什么补救的办法。要找到原因并非易事，要发现其中根本的原因是不可能的，但其中少数可以在分析后明白清楚，可以对我们有所帮助。

过去在结构上桥之所以断裂而坍塌，道理相当清楚。它是从桥必须提供的功用性质直接产生的。桥的功用是替人搭起一条跨越空间的人造的道路（即越过没有巧妙的办法就不能克服的天然障碍），使他得以从一头走向另一头。江河、深渊、急流、峡谷间，从激流的此岸到彼岸的岩石，这些天险都必须架桥。其上架桥的难度，原因是跟人无关的。人盖自己的房子，砌墙，或筑他的城堡，则跟他自己有关。在这种情况下，他被迫去对付的难度，跟他自己造成的种种因素有关。但就桥的情况来说，他跃跃欲试地想达到的目标，如果可能，是超过他的能力最高限度的。

有这种情况：在城市和它最靠近的港口之间存在一个断层。要修建一条道路跨越这个断层，在一段特定的时间内，也许没有明显可行的办法。因此十七世纪就绝对不可能用任何永久性的建筑物连接其内依海峡[①]。但是在任何时候轻易可行和明显不可能之间，对人存在一个断断续续的一系列实际的挑战，桥梁建筑者愿意并必须把他的努力发挥到极致——甚至稍稍超过一点。他不是硬要去造一座超过他的技术本来不需要达到的高度的高塔，也不是把一方墙的重量强加在不胜负担的基础上。但是他非得竭尽全力去克服阻断一条必须连接的道路的障碍不可。只有在被迫的时候人才会承认面对任何特殊情况，作为一个桥梁建设者，

① 英国安格列西岛与北威尔士之间的海峡。

他无能为力。他会让你把一堆用绳子捆绑的木头用桩支撑作为桥横跨一条急流。他会物尽其用，竭力克服极大的跨度。任何时期他总是有桥的榜样，完全达到千钧一发的程度，甚至超过那个限度。

当然，今天的情况和最原始时代的情况都是事实。今天我们最新的材料证明：横跨圣劳伦士河①的大桥，或六十年前横跨台河②河口的大桥；战后跨越罗亚河③的撑插桥同样可发生桥祸。不过比较来说，在大多数地方，我们还没有对我们能力的极限挑战。机械力和材料的适应性，它们的进步比我们的需要快得多，我们还没有达到普遍尝试考验我们的力量极限的程度。不仅如此，现代社会，由于它数不清的和复杂的规章制度，以及它那管理监督极为严格的工业体制，强行规定安全限度，按常规，是人非常注意遵守的。因此，在新的工业世界和整个过去的时代存在一个非常切实的对比。现代桥梁在结构上是一项成就，甚至是非凡的成就。你可以站在洛特河④（或多尔多尼河的山区支流之一）上游，轻细的拱桥下，会觉得真想不到人怎么能把那样轻的钢铁网架在一大片空间里。

---

① 加拿大东部河流，流入大西洋。
② 苏格兰中部河流，流入北海。
③ 法国中部河流，流入大西洋。
④ 法国西部河流，向西流入加隆河。

我们甚至用更老的材料可以做到前辈从来不可能做到的事情。我可以用卢森堡高超的石桥为例，它只用单一的跨距！不是全世界最大的就是第二大的，从一块岩石架到另一块岩石，在一个峡谷之上，几百年来峡谷保护着那个天然的安全地带。现代的工程技术能够做到我们的祖先绝对做不到的事情，虽然用的是最古老的材料。它之所以能做到是因为现代工程技术具有建造这座桥梁的巨大的器械，首先是拱膺架，能把它悬空吊起在峡谷边缘，然后恰好放在它应该放的地方，也就是每块巨石上。有人告诉我在这一特殊情况下，这个椭圆形钢架的基座，压力非常之大，不能使用砂浆，得使用铅板放在石头之间作为嵌条。

古人确实建造过运送物资，尤其是水，越过高山和远距离的通道，但他们只能通过多层弓架结构和阶梯建筑来做到，例如留传至今的塞戈维亚①大梁，或嘉德桥②，或切舍尔桥遗址③。

我们也可以用新的方式造桥。管构式桥就是一种（也是令人憎恶的一种）。吊桥，虽然方式不新，但在应用的规模和使这种规模成为可能的器材上却是新的，它比大部分新方法使视觉比较舒服。桁梁桥是新式的，不管哪一方面，现在

---

① 塞哥维亚，西班牙北部省名。
② 嘉德，法国南部省名。
③ 切舍尔，阿尔及利亚北部海港。

我们开始有了混凝土桥，例如著名的帕萨德纳桥[①]或莱茵河上的巨怪，你从美因斯出发向北就会经过此桥。

在技术对比上我就讲到这里为止(我以为平心而论，是在安全上)，在规模上——我们大概要补充的最后一点是，这些新的成就会使我们现存的最大的桥，跟它们的后来者相比显得小了。

那么在美观方面的对比呢？

进入这个问题的讨论之前，有一点是应该指出的，它在我们这个时代曾被人反复强调，可是似乎没有得到充分重视。问题在于美对人是必不可少的。假如你建造的东西，尤其是你打算使它永固不坏的那种，然而看起来却不美观，那么在它丑陋的程度方面，确是一种“真正的经济损失”。盖一栋难看的房子，犹如盖一栋漏雨或坍塌的房子一样是完全的失败。假如你忽视人类对美的积极需要，你就是忽视了一个因素，它对国家至关重要。

为什么古桥差不多总是美观或起码令人满意，而且常常是极为可爱，虽然同一时期的其他建筑物也许是平庸不足道呢？

我再说一遍，一个圆满的答案肯定是找不到的，但是我可以提出几个推断性的意见。

---

① 帕萨德纳，美国加州西南部城市。

首先桥比其他建筑物更为依赖当地的材料，因为它需要在相当大的规模上的特殊努力。当地的材料一般是跟桥所配合形成的景观和谐一致的。但这是个小问题。作为美的一种因素，更重要的，我想，是利用桥的美观的线条和比例匀称的空间形成的景观。平稳的桥必须在它的跨度均衡方面让人一见就感到满意，因为它必须满足旅行者在材料上的安全感，这种材料是他了解而且熟悉的。桥拱如果是一个明显的环形拱便绝不会出毛病。文艺复兴时代发展的椭圆形拱，它形成的一条曲线，也满足人的平衡感。索桥吊索垂链的曲线，不论是原始的或后来的，也属同一范畴。

另一个原因，照我看来在于实际作用与简朴造形是不可分的。造桥永远是一项非同小可的事情，同时，它作为通道的功用强烈压倒装饰的动机，所以几乎不容后者有越轨出格的机会。

桥作为一项公共建筑在这一点上是否起作用我不是十分有把握。公共建筑是否每每应比私人建筑要漂亮些也是如此，在很多其他物体上确实不同。但用途广泛的公共建筑在细节上不适于铺张浪费和华而不实（除非在当今民众不再有效控制这些）。

最后，桥的风格基本上是遵循传统的。它开始时是一项艰难的工程，建桥技术已形成某些主要的规律，危险的意识制约人们去严格遵守。我们都知道，如今传统是美的可靠保障。

当然，还有比这更深刻的原因——美是从此这类物质条件更深刻的源泉产生的。我们今天丧失美，不如说是某种精神价值的丧失而不是因器材强加给我们的东西。再说，它们为什么有价值呢？我提出在建筑物当中桥之所以美的几个原因，它们美观不是仅仅作为个别的建筑物，它们之所以美是由于景观的组合和位置。它们的美观性质很多，一般的人从低低的下方和远处，从上面各方面都看得出来，这诱使优秀的造桥者恰当地选用桥址。我认为，上世纪我们最好的石造工程——我指的是滑铁卢桥①——是根据泰晤士河潮汐的启发和影响而建的，人人都认同这观点。人人也会一致认为那座把朝圣者导向托莱多②的高大桥梁跟塔古斯河峡谷，和它造成的环绕托莱多山的冲击波的气势是相适应的。用现代工业的优越性肇端以来，在这个问题上我们失败的相应原因又是什么呢？

人们随意作出的一个答复照我看似乎总是非常可疑的。它说我们有熟悉石头、砖、木材的传统，因此采用一种新材料：钢铁、混凝土，以及下一步不管什么东西——使我们没有了准则。新的物资不可靠，因为我们记不起老祖宗曾经使用过，或者在美观上还不知它的效果如何。

---

① 伦敦泰晤士河上的桥梁，1817 年为纪念滑铁卢战役而建。

② 托莱多为西班牙中部的一省，塔古斯为流经托莱多省的一条河流。

我看这个答复不对的理由是旧时人们在使用一种新材料时，还没有把它派上大用。从未见过钢铁的野人要到他通过以物易物的方式从白人手上搞到钢铁后才能制出美观的铁器；某个长期生活在没有见过石头的地方的民族，头一回使用石器，无论如何，我记得开始并无反感，慢慢也就产生美感了。

另一个我认为不对的理由是：回答说一般的钢铁、混凝土和新材料使用起来不好看，是因为我们试图用从别的老材料上所取得的装饰和总体轮廓的办法来使它们美观，因为我们还没有设计出适合新材料的外形和装饰。

这对我来说似乎是一个错误的答案，因为人们确实毫不怀疑地继续而且永远保持旧材料对新材料的影响；他们这么做总是有成效的，因为他们这么做既自然又合理。希腊气候下的石头建筑产生的横梁、木柱和斜平的木屋顶，这样做效果反而更好，蒙古的屋顶设计思路产生了帐篷。

有人抱怨现代的建筑师对美观态度冷淡，在这种埋怨声中不会找到正确答案。因为建筑师常试图做到美观，可是在采用新材料时总遭到失败。

我认为在这个问题上至少可以提出一个建议——尽管我知道非常不全面——既然我说我们最糟糕的障碍是因为承袭了十九世纪的美学教条（尤其在英国所重复的），美观和它起装饰作用的极致的办法依赖材料一般的特性，视觉基本得到满足因为它看到美观的装饰不单有用而且跟使用的材料是协调的。罗斯金[①]的观点就充分含有这层意思，他只不过是与他持有同样想法的一大批人当中的一个，虽然他写起文章来抑扬顿挫，是独一无二的。我认为这种理论是错误的，我想如果我们完全撇开它，准备用我们所了解的，感觉在形态和立体效果上是美观的东西进行装饰，准备采用任何办法设计各种满足我们视觉的式样，我们就能像我们血统相同的祖先成功地处理旧材料一样，也成功地处理新材料。

一根希腊式立柱的沟槽跟建筑物有什么关系呢？在什么方式下希腊雕塑的叶与果构成的花环和系花环的带状亚麻织品跟石头是和谐相配的呢？过去那些追求美观的人是通过三个因素的配合来做到的：比例感、传统的修养、满足视觉的必要。我们没有新材料方面的传统技术，但我们能恢复装饰方面和细节上的传统。至于另外两个方面，人人都具备，至少正常人是具备的，只要他的头脑健全、生活正常、精神健康。

因为，老实说，在我们今天的工业文明社会，不健全与不正常的生活，在使用大理石和橡木那样的建筑材料上，如同使用大块的混凝土或者钢材，确实同样会产生畸形的丑陋。

---

① 约翰·罗斯金（1819—1900），英国艺术批评家。

谈 贫 穷

前些天我有机会对一群青年演讲，谈“贫穷”的问题。这篇演说我本来打算题为：“贫困：致贫与安贫”。可是后来我觉得没有必要加以解释。那群年轻人都明白。

在发表这篇简短的演说时，我，如同人们总是在没有笔记而讲话的过程中那样，在要讲的内容上发现种种新情况。我们全都知道有关贫困的简单明确的观点：它如何对精神有益，对我们是一种什么样的锻炼，才智较高的人士如何平淡地接受它，等等。我们也全都知道，别人教导我们去敬佩的人，是如何从贫困开始走上腾达之路的，在我们的内心中，我希望，通通都有一个对贫困的概念，它是德行和正直生活的基础。

但这些想法是笼统而模糊不清的。我受我讲话的引导，仔细地对这个问题加以考虑，通过回顾和推断，想出贫困的某些微小、具体、特殊的好处，以及可说是在贫困中维持生活的理论：安于贫困的法则。

我因而首先发现贫困的一个定义,它是这样的:贫困是一个人不断为本人和亲属的未来焦虑的一种状态,他未能按他成长的标准生活下去,同时受到屈从和敌意的叛逆思想引诱,每每不可抗拒地趋于绝望。

对贫困作出的定义,一旦界定,从这一情况产生的良好效用便很显然了。

首先,随之而来的最大的德行是使人慷慨大方。你会注意到一方面存在少数富人,因为他们的地位的性质必然会从小心谨慎变得贪婪卑鄙,另一方面贫穷和困窘的人会很容易跟人分享他们微薄的所有。不错,这决非出于考虑周详的动机,仅仅是从一种信念出发,那就是不管他们做什么,结果会完全一样,因此他对他的同胞的善意是出于一种能力微薄和不在乎的混合感。不仅如此,这种情形还培养出一种习惯,便是为什么在这类贫困的条件下形成他全部性格的人,虽然偶尔得到一大笔钱,却往往把它浪费掉的缘故。

其次贫穷另一个良好的后果是使人丢掉幻想。跟富人,尤其是有钱的女人紧密相联的使她们最恼火的事情,就是她们生活在其中的幻想的难处。老实讲,它不可能全是幻想,一定存在大量有关的自觉的谬误。不过,不管怎么说,那是一个虚构的深渊,跟它接触,归根结底,是难以忍受的。陷入这种情感或理智上的恶习,穷人则完全得到防备。他不可能认为警察是英雄,法官是超人,社会活动家的动机一般是高尚的。他对家庭里亲切和霭的老仆人或资方最高情报部门的头目不抱幻想。俗话说穷人的日子不好过。他要面对警察的欺凌与腐败,资方监督人不近人情的愚钝,律师狡猾的得寸进尺,寄生行业可恶的伪善,例如男管家。他通过接触实际与个人直接感知的经验碰上所有这类事情。他不再认为人类社会是一个花园,有如士兵不再把战争看成一幅画图,或者水手把大海看成一个游乐场。

我们也许还要感谢贫穷(我们当中那些享受到她照顾的那些人),因为她从我们的生活中完全排除了纠缠我们较为富有的同胞做的某些必做的事情。我认识一位富人,他在压力下每天至少更换衣服两次,常常三次;定期定点旅行,轮流会见至少六十名人士当中的每一位。他比上学的学童或一个联队的队长更不自由。老实说,他根本没有真正的自由,因为对他来说有这么多的事情是他必须去做的。但穷人甚至不能设想这些要事是何物。若你告诉他说非去里维拉[①]把自己泡在俗务里好几个星期不行,他根本不会理解"非去不行"这个词的意思。他会说或许有人喜欢那种事情,但做那种事情若非出于十分反常的嗜好则是他无法理解的。

这里还可以提出使你焦虑不安的、折磨人、悲惨阴暗的贫穷的另一好处。精神最大的敌人莫过于疏懒,但在这种无

① 里维拉,法国南部旅游胜地。

休止的恶化状态下，类似如让你哼哼的牙痛，疏懒是不行的。精神的另一个大敌是骄傲，即使脾气乖张的穷人也不可能真正滋长骄傲，他也许希望未来助长它。再有一点，旧的迷信称人在内心深处的东西为“灵魂”，它受奢华之害。贫穷，归根到底，是限制奢华的。

我非常明白你会拿无数的例子告诉我，你熟悉的那些破落的绅士如何喝鸡尾酒，吃鱼子酱，去戏院（坐正厅前排），叫出租车，要掺咖啡的甜酒，滥开支票。这不假，不过你要是愿意仔细观察，会发现他们这些习惯有下降的趋势。出租车在1945年后越来越少；鱼子酱绝迹，虽然掺咖啡的甜酒还继续下去，却有了节制，尽管似乎难以相信，却由贫穷对奢侈强加了节制。真的，刚在去年四月间我在一个叫利尔波恩的小城（我在那里考察罗马旅馆业的遗迹），遇到一个人，他告诉我战前他习惯在瑞士度假（他是一名教师），现在可好，超出诺曼底就不行了。于是我给他在一张纸上画了一幅计划草图，显示一个半径指向的度假路线，按比例列出不同度假地点的开支。图中包括在东非猎狮度假一天费用若干，在摩洛哥烦扰法国人一天费用若干，纠缠西班牙人费用若干；最便宜的是如何在诺曼底徒步旅行，从海岸岛屿启程只要花一英镑。他把这张小小的图表折叠好带走了——不知道在阿登还有更便宜的度假地。

贫穷由于引进了反语，我认为，无论如何，具备了更为高尚得多的作用，我把这看做智力盛宴上的盐。我确实知道富人有天生的反语能力，这就有如一个人为了自己的乐趣而作画，并且挂在自己家里的墙上。伦敦所有的穷人都会反语，而且，真的，全世界的男人都会。甚至破落的士绅，在五十岁后，发现反语的门径，更加善于利用，好比一个人在汤里面加雪利酒。请注意反语是能杀灭愚蠢的讽刺的，在人的身上若有了一种杀灭愚蠢的讽刺的药剂，也就具备了抵抗智力化脓反应的防腐剂。

如果你对一个富人说他的某个同事有天才，他也许以未经深思但真诚的方式承认这一点。但一个穷人却有更清醒的认识，他或许口头承认，但不致傻到内心加以接受。

最后，关于贫穷，我认为，它为一个人进入坟墓非常细心地作好准备。我有一回曾经听到一个乞丐在一次热情奔放的讨论中说富人一死什么也带不走，在公认的字面意义上他是不对的，因为富人一死带走谄媚、愚蠢、幻想、骄傲，和许多深入他们皮肤的次要外装，剥光这些而赤身裸体准使他十分难堪。但我知道这个乞丐所说是什么意思——他是指他们带不进坟墓的汽车、热水，换穿的干净衣服，以及种种无聊的令人难以忍受的游戏。富人一死，身外而未深入肌里的东西便给剥夺掉了；穷人一死一切就剥夺掉了。因此他们乘着卡戎之舟向前，是首先登上对岸的人。我以为这也是某种好处。

谈摆脱别人

在对尘世这个鬼地方有了漫长、广泛、细致的经验后，我把它一分为三——我这里说的“尘世”是指世界上的各种人——它们的人数很不同。一是那类能圆滑地摆脱别人而不引起反感的人；二是那类做得到但难免引起一定的正常磨擦的人；三是那类遭到严重的麻烦，只有在付出这样那样的代价，在这个过程中遭到粗暴的侮辱或蒙受无法容忍的屈辱后才得以做到的人。

中间这类人数是最广最多的，它包括人类的大多数(可怜的朋友)。

他们摆脱别人犹如他们做别的事情一般。大体上一路慢跑，不紧不松，不趋极端，觉得生活艰难但可以忍受。喜欢什么却有节制。不喜欢什么程度也很小，与其说主动不如说被动。这多数人就是如此，这就是形成人性的一般的糨糊或面团——不过烤得不够。

你也许见到过你的内阁部长，你的赛马掮客，你的客栈老板，你的东家，你的出版商，跟一个使人讨厌的家伙突然中断关系，使双方都有点生气——但又不太厉害。这个普通人，这个一般的人物会发现这一过程比通常情况稍微难堪一点，恰如有时候一块胶泥比平常要稍微贴得紧一些。这位同胞只能费点劲把他打发掉，结果引起一场小纠纷，小争执，也就是稍微争闹一下，没那么严重，但最厉害的时候足以使你整日不欢。

然而不要成为唯名论者。在这个问题上(或者在任何事情上)还不至于不存在真正的类别，也没有清晰的观念。这个中间类型的人物，即摆脱别人时的水平一般的人，结果都以明显的非此即彼的方式告终，在他和他的两个同伴之间程度上却有巨大的差距——在他上面的那类，他们总是能欢欢喜喜地摆脱别人，而在他下面的那类，不产生巨大的冲突风险和尖锐的痛苦都不能做到这一点。

说到最后这一类人，他们人数不是很多，不过他们中间却有最高尚的，因此也是最不幸的。我知道的几个优秀诗人——我认识两位——就属于此类，隐士们也属此类，还有大部分的圣者。不少的学者，包括那罕见的一类，其中每个人毫无例外地，他们不说一个字，常常也不用一个手势，给别人的印象是真理的化身。

所有这类人在摆脱别人时肯定遇到困难重重。他们做不到不用暴力场面，或者最好的情况下也存在一种长期不变的敌意——可是他们整天非得这么办不可，因为他们正好是世界上其他的人不断烦扰的那种对象，用套索呀，圈套呀，夹子呀，罗网呀，陷阱呀，粘胶呀，去逮他们，不管是作为名人还是作为那些需要支持的人的支持者，对那些渴望听到好诗，不褪色的智慧，甚至神圣的教义的人则是作为创造者。这些人确实终生不得不受摆脱别人之苦，一辈子没有一天不是由于缺乏顺利地摆脱别人的能耐而不得不在接着而来的烦恼中度过。

这就是为什么你发现他们有时一直冲过旁边的小街，有时对着仰望的脸从一扇窗户里高喊“不在家”，或在一张便条上乱写着他们的行踪的谎言，或陷入（唉！）有失身份的地步从远方的城市邮寄信件佯装不在。跟这种摆脱别人非同小可的本领并行不悖的是损失金钱，做赔本生意，上当受骗，总之一个傻瓜吃生活所有的苦头的本事。

说到这篇文章的读者太多了，你们读时觉得被我为这种身负重担的人的描写所感动，愿意确信你们是属于一小群这类受难的英雄的。那是自以为是。他们仅仅是很少一批人，如果他们戴有受难的标记，那因为这样的标记是上帝选民的戳印。

那么我要对另外一批人，也就是在光谱另一头的那批人怎么说呢？他们在互相祝福的气氛中一帆风顺地摆脱别人。噢！那些人是这个世界上的幸运者。我不因他们永远的好运而妒忌，但他们在户籍登记员与户籍登记员之间，在幼儿园与幼儿园之间的命运[1]，是幸运的少数人的命运，他们属于难得的少数，属于做事成功的人。

我经常留神观察他们。

我不把女人算在内，因为所有的女人都会这一招。我谈的只限于男性。以牺牲别人的利益而积累起大量财富的大部分男人具有这种本领。他们已经走了，你还几乎不知道他们早已离开。他们把你打发掉，你却相信他们是很不情愿失掉的，而你不得不忍痛分手。那仿佛有一只友好的手放在你的肩膀上（另一只常常是在你的口袋里），人家请你留下，实际上你是被一脚踢开的。

那批幸运的高高兴兴摆脱别人的人，他们身上带有一种天然的保护色，一种天然的诡诈神气，那是他们天然的主人，地狱的统治者——魔鬼赐给他们的。我们认不出他们。至少，只有我们这些人（我是其中之一），因为长久地思考他们的同胞的一举一动，才得以把这种人从千百万人群中挑出来。我听说这种本领是有办法学到的。我怀疑这一说法。因为我观察过天生或受过训练应该具备这种本领的人，他们踞有高位，为那个位置所迫，整天不得不对人咧开嘴笑，在成年后的岁月里，张嘴就把“我能帮你什么忙”这句话说

① 指无需冒风险。

一辈子，一百个人里面也没有一个人具有这种奇才。注意其他人是如何谈论这种身居显要的人物的吧。他们对他的愤慨，他们对他的粗暴无礼的态度，他们犯大错的描述，那总是有关他们被撵走的回忆。

我谈到的幸运者当中有些人的这种才能达到很高的程度，甚至像我这样有经验的人也会上当受骗。我特别记得一个，我只是无意中在电话中听到才发现。他在电话里说的一切全是有礼而得体的，像是我灵魂呼吸到的幼树的气息那么清纯。但他的老婆，或别的什么人，偏巧站在他身旁，并未觉察那个奇妙的工具的敏感，他小声跟她说话。

他是这样交叉进行的：

(对我)："噢，那很好！那么在三点钟，如何？——嗯？"

(对他的老婆，或老婆之类)："老天爷，我亲爱的，那不是我的错！我不能堵住他呀！"

(对我)："星期三！好极了！……别走呀。我有这么一大堆事情要跟你说！"

(对那个什么人)："我就来，我亲爱的，我告诉你，我就来。他肯定很快就不说了。他不能整天说个没完。"

(对我)："喂！你没把你的书给我送来。噢！见鬼！他们把我的电话截断了，我什么也听不到！"

(对那个什么人)："这让他打住了，我想！"

通过这样一回暴露，我确实深入到这个人阴暗的内心，我愿意称他为走运的人。从那天起我讨厌他。他已经离开人世十五年了,我依然讨厌他。不过,讨厌走运的人是人之常情和正常的。

论 标 签

多年前我从一位聪明的女士的谈话中听到，她收藏一本粘贴簿,其中一面贴有某些社会活动人士的真实写照,另一面则贴有他们作为名人的标签，也就是公众对他们的看法,这会很有意思。这位女士听说过她那一代人里面大部分名人的情况。这些标签的区别有时候是令人吃惊的,常常是古里古怪的,但不论怎样还是很了不起。

我心中有数，认为实际和图像之间的差异今天远大于过去，在英国则要远大于别的国家。我也准备支持这个看法，这种明显的矛盾是由于新闻界对密集的城市人口所产生的作用而造成的。所有的城市居民都能阅读,但他们如今被磨成一堆尘土而缺乏共同的联系。可是在这个问题上不论我是正确或错误，所有的人都会承认在真人和想象的名人之间存在非常鲜明而巨大的差别。

我少年时,记得在一本书中,它那时就有名了,我以为现在还稳步地吸引着读者——我指的是《早餐桌旁的专制者》[1]——读到过两个人交谈中重复的老笑话(好像是新的一样),这个笑话说两个人在谈话而实际有六个人在场。那时这笑话对全世界已不新鲜,不过对我却并非如此。青年是单纯而公正的,我立即察觉到里面的错误。在场的不是六个人而是四个。其所以有六个人的观念是根据人并没有真正认识自己而产生的,因此在这场谈话中,有一个实在的A,一个他自己(A)认为的A,还有B认为的A,同样的三重观念也适用于B,这加起来总数成为6人。但那是糟糕的见解。一个人是什么他就是什么。在两个人进行的任何谈话中只有四个人在场。真正的A,B观念中的A,真正的B,A观念中的B。如果任何男人、女人,即使儿童,到了他讲道理的年龄,对他或她的行为负责,这一行为不论是文明的还是教规的,宗教的还是世俗的,社会的还是家庭的,冒昧地跟我的论断产生分歧,甚至于一点儿不同,祝他或她去挨人咒骂吧!这使我想到《一只澡盆的故事》[2]——不过要是我写作时把我想到的样样事情写下去,我写的东西就要成为零零碎碎的片断了。所以言归正传吧。

那么,每场谈话有四个人在场,但是在这样的谈话中有直接的接触。B或多或少可以判断A,A也可以判断B。若A

① 美国作家奥·温·霍尔姆斯(1809—1894)的随笔作品集。
② 英国作家斯威夫特(1667—1749)的一篇讽刺性寓言。

实际上是40岁，B不致把A看成25；假如他是呆头呆脑的，也不致保持警惕。但在社会活动人物的标签和他本人之间的差距几乎可以是任何程度上的差距。

由媒体提供给数百万可怜的读者看的大人物照片距离他们让人看到的那天有半生之久。

生活中极少数可悲的娱乐之一是低头看一切庸俗的专栏中最庸俗的有关有钱人私生活的报道（这确实跟任何人无关）。你看到伍茨爵士夫人到好林托威斯去了，而亨利·布茨爵士则做出完全相反的事情，离开了希斯托立克豪斯[①]。你会看到双方的相片——伍茨爵士夫人的脸部显得晕头晕脑，犹如在那些可爱的日子，人们能在皮卡迪利大街上闲逛[②]，全伦敦充满了马，人们可以见到绅士们赤身裸体；亨利·布兹爵士呢，是他刚好在布尔战争后，他富得足以让人拍照，但还没有富到可以购买人的灵魂的地步——如果抓住适当的时间地点那照片是不贵的。

于是突出的问题就在这里。真实的人是一个有百万条注释的迷宫，而标签是包括一切的一个。政治家们很清楚这点，他们的孪生兄弟音乐厅舞台上的喜剧演员也如此。某人必须有一顶特殊的帽子；另一个必须贩烟斗；第三个人必须

---

① 这里的人名地名都是虚构的，表示荒唐无稽。

② 皮卡迪利是伦敦最繁华街道之一，是商业娱乐区，人们摩肩接踵，熙来攘往，不大可能闲荡。

表演吃土豆，因为他也许在一次讲话中说他喜欢土豆。又一个人被安上一个红鼻子，或一双大耳朵，或对现代光环是必要的别的任何东西。如同对肉体那样，对传统所称的灵魂（或不管叫什么）也是如此。你的公众人物毕竟是一个人。他，因此，是复杂的。他是有机的。他在每种感情上有一大把弦，天使们和魔鬼们把这些弦拨弹。但是他的画像，他的标签，是系在某一种情感上的，而且是唯一的——或者至多两种。他成为这种人，总是要么用球拍击球要么骑马，要么就使人厌倦的东西发表使人厌倦的演讲，或者总是撑着自己的手，像坐在自己尾巴上听动静的兔子的爪子那样，或者神秘地思考他的下一场骗局，或者老是画一幅画，或者老写诗，或者老是说教。

在公众人物的标签上还有一种彻头彻尾的谬误：他的图像跟他本人完全不同，甚至在某一明显的体形特点方面。比方说伦道夫·丘吉尔勋爵是个高个子，十个人有九个人却以为他矮小，因为他的漫画像是按那个样子画的。

有才华或有品格的基本性质就更为糟糕得多。我曾听过我这个时代的大部分演说家的演讲，我可以用绝对的真诚和对自己的判断不可动摇的自信说——不仅如此，所有头脑不守旧的人会一致认同——十个人里面根本没有一个真能讲。他们倒出来一大堆废话，杂乱无章，甚至不打算讲真话，作为老生常谈，重复啰唆的东西耗时间，但是人们给他们贴上“演说家”的标签。

我们知道何谓雄辩，我们都记得生活中听到这种演说的难得的机会。我还没有从职业演说家那里听到过。

我在私人生活中当事人真心愤怒的时刻倒是听过这种滔滔不绝的言语，我从布道坛上也极为经常地听到过。尤其在那些稀有的场合，当个别才智横溢、讨厌公开露面的人认为他有义务站出来说话时（冒着对他自身的危险）让大家都听到。但我从必须把政治演说当作例行公事的人那里却从未听到：毕竟这是在人们预料中的。可是他们讲得不错这种观念是那些以演说知名的人士身上标签的必要部分。

有一个例外：一个毫无希望，根本不能演说——像一头动物一样的人。若他由于世袭的地位或偶然的运气成为公众人物，他并不能因口若悬河而受到赞美。代替滔滔雄辩的是给他贴上“通情达理”的标签——总之，这类肥猪般讨厌的人没有他们狐狸般狡猾的同事厉害。

国家蒙受标签和人不相符合之害。它大大干扰人才的多面作用。标签会把人变成诗人、才子或金融家，它会把他所有的诗变成佳句；他所有的讲话变成妙语，他对金融的所有判断变得稳妥。比这更厉害的，它会使他很难去履行标签所指以外的任何其他职能。

如今在私人生活中，那是我们可以真实地判断人的地方，我们知道才能的高度多面性是普遍性的，而且在每个人物身上总是发现某种多方面的能力。我们还知道没有这样的多面性能力，我们跟我们同类的交往就无法忍受。想想看假如一个人从来光张嘴说话而不开一次玩笑，那么是个什么人呢！或者一个人我们得每天跟他打交道，但他只会玩魔术，那又会出现什么情况！

所有荒谬的事情都是有害的，但这种特殊的荒谬对国家造成严重的和越来越多的损害，浪费了为公众的服务。因为标签的缘故，如果把工作给予名不符实的人就产生危机。也因为标签的缘故，合格的人才就不为人知。我记得一个恰如其分的例子：一个出身名门世家的人，由于名声被任命为一个公司的主管，人家原以为他不过是一件装饰，他接管公司后，把经营从失败转为成功。他本来可以早十五年取得这种成就，从而挽救一批孤儿寡妇和牧师，我不知道人数有几千，要不是他的同事们为他贴上天生是贵族老爷的标签，忘记了有什么特殊理由一个天生的贵族就不能把组织管理工作做好。

让我用这种令人欣慰的反思结束吧。如同我们一切现代的恶习一样，贴标签的恶习也不会好转的。它会变得更坏。

论人不知去什么地方

前些天我考察一栋大宅的文书贮藏室，这幢房子已有二百五十多年的历史了。我在那里发现一种情况的不止一个例子，我一再发现这种情况，那就是一个人地位的浮沉(实现或没有实现他的抱负)不是有意的而是随波逐流。无疑,一个在紧要的转折关头有判断力或有坚强意志的人,比那个没有的人走得更远。他会比一个较缺乏能力和决心的人有一段时间较长的好运或厄运，但他跟最弱的人一样并不知道他会达到的目标。

奥利弗·克伦威尔有一次在他非常难得吐露真情的场合说过这种话，因为通常克伦威尔对真实怀有一种天然的恐惧。可是由于他同时也是一个非常神经质而容易冲动的人,有时他不管愿不愿意都会脱口而出,其中一次他是这么说的:“人从来没有像在他不知去什么地方的时候走得那么远。”

那,确实是法国人所谓:“发自内心的呼声！”一个迷糊的人，突然发现自己掌握了罕见的权力，纳闷他怎么会走到这个地步的，就是如此。

我整个一生中都听人说到这同样的事。从发觉被人忽视的诗人那里，从指挥打了胜仗的人或指挥打了败仗的人那里，从发了财（这是现代对了不起的观念）的人和亏损了钱的人那里。

固然那些发财的人很快就会被奉承的人认同，也被他们愚蠢的骄傲所说服，从一开头他们就是凭意志的力量而终于达到自己的目标的。起码表面上坚信如此。但在他们的内心，他们非常明白，这件事情是一次值得称道的机遇，而他们秘密反省时却奇怪那怎么可能发生。你可以从两个绝妙的方面证明这个说法的道理。 是这些人在新的投资上的恐惧，另一方面则是他们损失这笔钱的极快速度。

损失一笔财产的人跟赚得一笔财产的人，他们的特征是完全相同的（我知道这在那些暴富的人听来有点逆耳，但这是实话），他也没有料到往哪里去，直到他最终落到明沟里这种下场。但恰像离奇地富起来的人总想把他的机遇归结为性格一样，离奇地穷困破产的人也是如此。他会列举他由于高尚的性情而遭受的苦难，以至众人阴谋策划针对他抵制他的可怕的种种细节而使你厌烦。

可是这两种命运不同的人只有循着共同的机遇道路走。他们当中谁都一点也不知道他们随波逐流而去时会到一个什么地方。

当拿破仑头一回得到在意大利的一支大军的指挥时高兴得跳起来，你以为他预见到以后十年他令人惊讶的战绩吗？或者拿亚历山大来说，在亚洲的这一边面对着阿贝拉[①]紧张不安时，预见到他将要砸碎的蛋壳不堪一击吗？（然而他生来就要继承一个王国）。任何一位大诗人，虽然活着直到去世时备受赞扬，在青年时代就预见到他会在欧洲历史上永垂不朽吗？你以为充满我们这十年间的325个天才当中任何一个预见到1955年他会可悲地湮没无闻吗？

在目前的社会形态下，伟大仅仅是一个使人对个人价值不抱幻想的标签，这对世袭的体制是一场大辩论的内容。一个公爵之所以是公爵因为他的父亲或远而又远的远房堂兄弟是一个公爵。他并不对自己说“我就是伟大的公爵，我之为我，是我自己造就的。”同样，一个国王之为国王也是这么来的。他会明明白白地成为一个傻瓜，如果他吹嘘自己的地位是自己努力得来的，然而他可以吹嘘作为人所具有特性就没有错。如果他擅长某个运动项目，否认这一点他就是个伪君子，但他不是通过他自己的能力而成为国王的。要社会按这种方定做，似乎有利于现实，有利于避免幻想，也有

---

① 指阿贝拉战役，公元前33年，马其顿国王亚历山大在阿贝拉打败波斯国王大流士，从而打开他向东扩张之路。

利于避免那种叫做骄傲的可怕谬误。

我们谁也不知道我们走到哪里去。近来我看到街头的海报,由形形色色的富人(暴发户)张贴的,他们办有报纸。他们问行人,"有没有地狱?"假如我是暴富者我会稍稍保持缄默一些。我不会要世人回答这样的问题。我就告诉他们这么一点,如果他们一命呜呼,他们死得也不光彩,虽然不光彩到什么程度谁都说不上来。不过,不管怎么说(他们声嘶力竭地对全伦敦大喊),他们起码承认在他所做的所有最重要事情上,他们并不清楚要到什么地方去。因此我表示同意。

那使我想起针对两位政治家的三行绝妙的诗:

> 卢姆普说卡里班[①]出身低微;
> 卡里班说卢姆普是个十足的傻瓜;
> 卡里班和卢姆普和我意见一致。

没有人知道他到什么地方去。只不过前些天一群老老实实的人,其中大部分穷得要命,十二三个人小康,或许有两三个人真正称得上富裕,他们上了一辆火车,认为火车会把他们送到多金[②],如果我没记错的话。这趟车载着他们一

① 原文 Cump 意为傻大个;卡里班是莎士比亚戏剧《暴风雨》中的角色,是个粗野的傻子。这三行诗是说彼此彼此。

② 英国苏莱郡城市。

路按想象得到的路线开行，经过苏莱郡东部，也稍稍通过肯特郡一点点，最后凯旋似的又把他们送回伦敦，这一趟路程要比他们已付的票价限定的路程长得多，只不过铁道公司并没有要他们补交额外旅程的车费。

从前有一个人出门去找毛驴却发现一个王国——这完全是同一回事。又有一个人为了养家外出找零活干，他一直照这个行动的路线走下去有五十多年，到头来惊讶地发现他走到了天堂——但只是在一阵震惊之后称之为死亡。有人写他们完全清楚知道的极为糟糕的通俗诗，他们听到它一再重复，他们当中更为聪明的人为这些东西根本没有艺术性而感到羞耻。可是他们不禁为他们受到的赞扬而喜悦。他们不知要走到什么地方去。甚至有人二十一岁谈恋爱，六十岁被人抛弃，绝望地死在阁楼上，跟早年的辉煌不可同日而语。真正更加令人瞩目的，我的小同伴是这样的：有人为了金钱或实利而结婚，到头来发现自己遇到了美丽可爱的梅丽桑德①。

整个世界都处在矛盾中。因为这样我倒是为它祝福。老实说，要是一切由我们的算计支配（如果可能），我们真的知道我们会走到哪里去——而我们谁也做不到——人世会是

① 梅丽桑德的原型是法国民间传说中的一个泉水女仙，她答应和青年雷蒙德结婚，条件是不许在星期六偷视她，雷蒙德违背了诺言，她恢复她的人鱼形状而逃逸，后来许多作家以该传说为母题进行创作。

一个更讨厌的地方。我有一位朋友，一位非常亲密的朋友，他早年告诉我，预料发生最坏的情况，不失为一个好的秘诀，因为如此人就不会失望。我没有听从他的意见，但我观察他按那条原则生活，我发现他最后还是极端失望。

又一回，前些日子，一个人成为某非常重要的企业的首脑（这是真事，我知道他会原谅我，倘若他读到这几行），他告诉我，所有的人都妒忌他，他自己却觉得他的一生是个失败。我以我深邃的明智回答他："我们都感觉到这点，除开那些不会去渴望这个世界以外的东西的人。"对此他回答："对的，对的，确实，确实。"

这使我想到一个成为修道士的银行家的故事——不过我必须到此止笔。

谈 广 告

到了赠圣诞卡祝贺耶稣诞辰的时候了。这桩小事在我成年的早期就由别的活动替代，所以我不再干这事了。

这个时候要就圣诞节写点什么，多少必须跟节日有关。这样的迷信已经由更泛泛地谈谈和平与亲善友好来代替。和平对任何人，亲善友好则对大多数。我们必须适应环境，否则就有危险（起码，我是这样深信不疑的），因此跟圣诞节有联系的任何事情今天也应和广告联系起来，这是清清楚楚的。

如今宣扬圣诞节显然是浪费精力——这是浪费金钱的另一种说法。首先你不能拿圣诞节卖钱，其次人人都知道日期——虽然大多数人都忘掉了它的意义，所以让我用适合这个节日使人愉快宽心的态度对骗子写写和平，对恶棍写写亲善，泛泛地写写广告，它如何受公众的注意；它如何使人高兴，如何正当合理；它对我们的文化有什么价值；它的光辉未来在哪里。我怀疑在我写完要探讨的问题之前是不是有空间写到光辉未来的，不过无论如何，我要穿过我讲话的其他部分迂回曲折地前进。

好了，在这个神圣的节日，如同在所有别的节日一样，我最注意的有关广告的问题是生活在那个世界的人，他们的健康和端正的面貌。那不是我的世界，我恐怕也不是你的世界。它不是属于这个世界的一个世界。这里住的人不多，有消费者和生产者。这些人，我指的是广告上的商品消费者，是以他们的健康和端正的面貌引人注目的。注意：我不称之为美。

不过是在昨天（我请您原谅）我看见一幅广告，一个青年送给一位女士一部“大英百科全书”（在上帝所有的创造物当中！）。这位女士我推测并希望是他的妻子。固然，“妻子”这个词今天没有什么大不了的意义，不过我持有我青年时代的偏见。不管怎么说，他正把它赠送给一个青年女子。在他脸上展露出一个固定的浅浅的微笑，是那种适合做好事者的微笑。在她的脸上则呈现那种欣喜入迷的表情，好像是在一幢半独立式的别墅中用打气筒打出来的。她拼命紧握住她的双手（她的感情是如此强烈），她的眼睛虽然仅用黑点表示，立即表现出当前至高无上的幸福。

我不关心她这样发现她生存的终极目的，以及在“大英百科全书”的许许多多次版本中快乐的总和是明智的或不明智的，我关心的不如说是她和他的端正的面貌。如果这些年轻人他们的嘴和眼有更多的曲线则更有人情味，可是没有——我只好不去操心了。还有另一类消费者——人们在美国称之为“大学青年”——他们被刻画成戴硬领，有边帽，穿长内裤、马甲、风雨衣，还有不知道别的什么的小伙子，但总是令人惊讶地缺乏吃苦经验、深度、知识、抱负、嘲讽、愿望、生活能力，他迟钝的头脑没有时间性与地点性。

我给我的人物画廊增加那位年迈的上校，他有着三十岁的面孔八十五岁的头发，和一位长一辈的（但不是老）伦敦商人。年迈的上校用枪射击。长一辈的伦敦商人穿上晚礼服不是啜饮佳酒（更糟得多的是威士忌）就是吸什么烟。有时候他正在替一种剃须皂说好话，别的时候他介绍一种鞋油。但有件事永远如此，他是——死的，从脖子以下纯粹是骨头。我的绝望在于他面貌的端正。噢，坠落的人种的最后继承者。难道你从来不觉得悔恨吗？你从不知道着急吗？你从来不有所留恋，更不用说热爱吗？你从来不在大街上遗失一块钱币，后来又未能在泥泞里翻寻一阵后找到吗？你从来没有误过一趟车？他的面目回答我他从未经历过我们经历过的这类事情，至于人类可怕的命运，他不比一头母牛知道得更多。

对消费者就说到这里。生产者又如何呢？

因为某一特殊的原因，规律颠倒过来。样样东西截然相反。做广告的人把肥皂、硬领，香烟制造者，不在最不可恕的，可以设想的恶棍长廊中表现为比我在生活中曾经遇到过的真正的坏蛋要坏得多的坏人（天知道我遇到过他们当中的精英）。他们的面目给画上了一切歪曲篡改事实，狡猾诡诈的标识。他们经过深思熟虑的沉默寡言是为了达到压倒他们邻居的目的，他们薄薄嘴唇的虚伪，他们闪光眼睛的凶狠，他们油光锃亮的黑发，使观察者厌恶，他们卑鄙而锋利的眼神逼视着他，犹如某种热带动物的逼视一般。[①]

有时我渴望穿过纸张与糨糊，到那个世界里去游历一番。我渴望会见“大学青年”“年轻的郊区新娘”“年迈的上校”“老一辈的伦敦商人”。我想到过在这些傻瓜当中消磨一两天，也许不失为一种消遣。他们全都有得是钱，快快活活，身体健康，他们当中没有贫困，也没有离别、失望、欺骗——只有一个人例外，他没有得到他想要的那种汽油，气得发疯——虽然上帝知道他不能识别油罐上的标签。他们不交所得税。他们不知道劣酒与佳酿的区别。他们相信他们读到的东西——假如真的，他们能读的话——他们笑了又笑。他们的世界准是个令人宽心的世界。

我愿完全按他们的心思答复他们。[②]我想说穷人为了适当的工资而罢工的各种最讨厌的问题，或者——假如那样

---

① 广告商为生产者（制造商）做广告绝不会把他们丑化，这里只是作者的印象。

② 下面所提大概都是当时英国小康市民感兴趣的问题。

时间稍微迟了一点——就说有关其他纸做的莎莉大婶[①]的事情。我愿承认我们不爱吹牛，我们在所有基本方面都是社会中坚。我愿对足球、高尔夫和由麦克唐纳先生[②]、斯诺登先生[③]和老汤姆·考布里大叔[④]领导的，或别的任何人所领导的政府的可怕危机发生兴趣。我愿意佯称自治领简直就是英格兰的各个部分，美国的人民和风景跟德文郡的没有区别。我愿意就结束停工关厂，或者在工业世界不管发生的什么小事情向他们祝贺，如果我有幸被他们接纳进他们一伙的话。我要向他们显示好日子正在到来。我要引用所有王族有高度创见的演说，我甚至要斥责可怜的老威廉·霍亨索伦[⑤]，当然，还有莫斯科集团[⑥]——我应该小心地称他们为“俄国人”。噢，相信我！我要跟广告上消费者的傻瓜世界令人羡慕地相处融洽，尤其要仔细地告诉所有的哑姑娘[⑦]，她们必须用心保持她们的肤色。

我愿意讨论我们时代的大作家，再度把我的谈话限于对女人，因为男人不读书。我说的大作家，自然，是指小说家

---

① 莎莉大婶是英国市集中一个模拟人像，人们可用球或其他物件向她投掷，投中者可获奖品，也用以指遭受攻击或批评的人或事。
② 英国工党政治家。
③ 同上。
④ 同上。
⑤ 霍亨索伦为德国皇室的名称，威亨·霍汉索伦指退位的威廉二世。
⑥ 指苏联共产党领导层。
⑦ 指广告上的少女。

和戏剧家，因为我确信，凡登在广告上的家伙，没有其他类作品值得考虑。我要严厉地对待工会——但承认他们合法的作用。我将不谈银行的势力。我要说所有的律师，尤其是给送到议会议员席上的失败者是无可挑剔的。

我也会跟生产商相处不错，把他们当作无赖的同伙致意，戳戳他们的肋骨，眨眨眼睛，提出各种花招的建议，他们可以借此进一步糊弄、欺诈、诓骗他们的同胞。

然而我想我会很快厌倦那个世界。因为它那露骨的大量的对比和缺乏微妙的神韵使我厌烦。即便如此，我愿意不惜代价让我的目光停留在销售者稍为诚信一些，购物者稍为不那么愚钝透顶的画面上休息。

把消费者当成傻瓜是理所当然的，因为他们就是傻瓜。把欺骗傻瓜的人当成恶棍也是理所当然的，因为他必定自然地是个恶棍或想成为恶棍。但是为什么放在这个天平上去衡量呢？为什么这么过分？为什么用这种低级的标准去强调呢？

我毫不怀疑在这些问题上，有经验的生产者会告诉人任何样品的变更会导致灾难性的损失。情况也许如此。假如那是他们用这样的方式画这样的人物的理由，他们会得到我的祝福。任何为他们或别的人赚钱的东西都是神圣的。

但就我而言，如果一个更高明的艺术家脱颖而出。他为广告加进一个带有一点点生活复杂性的人物，以及一点点性格，我可能做出我生平从来没做过的事情，那就是，花几个便士在这些做广告的商品上。

学术上的忌恨

不相称的东西都是可笑的，有件事情尤其可笑，它的可笑是由于不相称到极其荒谬的程度。我的朋友当中称它为有学问的人最丑恶古怪的愤激。那是古代神学家之间的反感的现代形式。

对此我全都明白，因为我自己就有，我曾多年生活在它繁荣滋长的地方。它是无限滑稽的。

某某人读过有关一场特殊战役的所有现存的史料。比如说，就汉尼拔[①]跨越阿尔卑斯山的全部极不能令人满意的简短零碎的史料。他也读过有关这一课题的全部文献，他造访了那个地点，调查了现场。他得出结论，汉尼拔是从小圣伯纳山口跨越的。

另一个人接着出现，他恰恰做了同样的事——读过所有非常简短而极其不能令人满意的物证，把有关这个问题

---

① 汉尼拔（公元前 247 —公元前 182）古代迦太基军的统帅，与罗马战争时，在公元前 218 年跨越阿尔卑斯山进攻意大利。

的史料通读了一番，得出结论汉尼拔是从大圣伯纳山口过去的。汉尼拔从哪里过去丝毫无关大局，它是历史上那些非常少的引起争吵的问题之一，跟有意识的宗教动机没有关系。这是一个你可以永远争论下去的问题，因为证据不足，还因为你不知道你的证人是否在讲真话或自寻乐趣。

争论开始了。最初双方都是讲道理的，有礼貌的，我注意到他们甚至在公开的场合通过一种微妙的骄傲方式互相恭维；他们这样做是让听众明白他和他的对手属于一个非常特殊和重要的优秀人物小集团。他们也交换信件和文章。然后在第三封或第四封信或有争议的文章中的什么地方，语气开始激动起来，从而也显得可笑。两个人里一个指责另一个撒谎，或无知或两者兼有。另一个答复，他奇怪有人怎么能如此愚昧以致误解了他简明的说法，或对文本如此胡搅蛮缠地视而不见。不久，他们就气势汹汹地互相侮辱谩骂，仿佛彼此谋杀了对方的孩子。接着，双方气得话都说不出来，连声音和唾沫都没有了。

普通的诚实君子遇到这种争论会不知所措，好好先生则忧伤难过。至于我呢，大为开心。

每逢我听到发生这些小纠纷，我就热心地去找报纸，从报纸能读到争论双方的互相辱骂，等我看到双方接近精疲力竭或无话可说，我每每感到一种失望。

要是两人在非常模糊的一点上真有学问，我作为读者根本不明白是怎么回事，那尤其可笑。若干年前两个人为一个立陶宛语单词发生争论，我呢，对立陶宛语一窍不通。他们拿出整整一大批样子可笑的词条，拼法极端令人恼火，以最天真的态度提请旁观的读者注意，询问结论是否不清楚——虽然读到这些词汇的一万个人当中没有一个人哪怕稍微明白一点点结论谈些什么。

后来我还记得另外一件事情，我把争论的问题研究得相当仔细，即罗伯斯庇尔[①]曾经住过的，位于圣昂诺尔路的房子的命运。它如果保存下来，保存的部分又有多大？

这场争论在两个人之间进行，他们各自写了一篇探讨法国大革命的论文。顺便提一下，他们各自代表法国那场宗教与政治大事论造成的分裂的一方，但是不可能有想象得到的理由证明，为什么共和派的无神论者想要把罗伯斯庇尔的故居保存下来（或者拆毁——我忘记是哪种情况），或者为什么保皇派的基督教教徒希望它消失（或保存）。我知道的全部情况是，早在那一打文章做好之前许久，一个控诉另一个是伪造者，另一个则控诉对方在处心积虑地撒谎。

这是大笑话。三十年前我曾为一种古代农业田亩制度和它在罗马时代的幸存问题，有好几个月强烈地感觉缺乏

① 马克西米连·罗伯斯庇尔（1758—1794）法国大革命领袖之一，后被反对派处死。

自信跟另一位知道得不比我多的诚笃君子交换意见，他的看法大概跟我一样是不对的。我也知道两位多年朋友的情况，他们同属一个俱乐部，就因为两百年前一条伦敦的街道终点是不是一个死胡同的问题而成为誓不两立的仇人。

这些争端的材料始终具有同样的特点。首先绝对没有胜利的可能。这就是说，丝毫没有压倒对方的证据，对每个普通人来说是绝对可信的，对引用证据的人来说是无法反驳的证据。不，这个大笑话的实质，我们很高兴被容许品味一番，那是一个模糊不清而可疑的假设。因此，在汉尼拔的杂技表演上你必须猜测，四天的间距意味着什么，是行军还是驻扎。发现答案之后你又得去猜从什么位置开始。然后你掌握了一片被称为“岛”的令人高兴的土地的地形——当然那不是一个真的“岛”。那不是介于多朗斯河与伊塞尔河之间的土地就是介于伊塞尔河与罗尼河[①]之间的土地。你得去鉴定一块白色的岩石——在阿尔卑斯山上。上帝啊！调查整个阿尔卑斯山，在莱梦湖和地中海之间的一块白色的岩石！然后你必须找到在一个山口上的一处地方，从那里你可以眺望你下方的意大利平原，始终假定提到它们的那篇演说真发表过——可是又根本无法确定。假定汉尼拔真的发表过那篇演说，你必须决定它是不是一篇空洞的豪言壮

① 这四条河皆为法国南部东西向的河流。

语——因为一个人可以不看到意大利平原而对它指指点点，正好像一个人可以骄傲地指点着他光荣的前程，虽然这实际没有出现在他眼前。不管怎么说，如果我们对发生的事情有充分的证据，对汉尼拔的进军就不会有争议，也不会因此而产生友情的破裂，我们当中任何人也不会有兴趣观看在这个问题上的重拳出击和丑诋辱骂。这场闹剧的首要症结是模糊不清的假设。

第二个症结是学问。没有外行会陷入这些古怪的盛怒中，只有那些全身心深入钻研这种课题的人才会气得发疯。

那么这种疯狂会发展到什么地步呢？这类事情的正常状态又如何呢？我从来无法分析它。我也从来不理解它。我只知道这种情绪的产生完全不可理喻。一个人竟然为了某个喜爱的课题把另一个人恨得要死是可以理解的，但没有人能爱上一种干巴巴的理论。一个人因侮辱而愤慨是自然的，但在这些争论中互相侮辱是结果而不是原因。

虽然这个主题是老生常谈，我还是要作出一项首要的贡献。我们当中没有人不能在这些争吵刚发生的时候（你在学术界每星期都遇到）同时做到既好笑又值得做的事情，我们当中也没有人不能在争吵将近结束的时候既扮演和事佬的角色又同时大大增加它的喜剧性。我愿意告诉你如何做到这点。

恰好在敌对双方达到无言以对的阶段之前，你不管三七二十一闯进去，提出某种明显无知的建议，也许是你从一本通俗的世界通史中搞出来的那种玩意儿。用一个假名出面比较明智。比方说，假如他们是对汉尼拔通过阿尔卑斯的问题尖声大叫大嚷之际，你提出第三条道路，并且固执地有某种愚蠢的理由作根据。要是某人一心认为是日尼弗尔峰，另一个人坚持是小圣伯纳峰，你就认定是塞尼斯峰，并且是从一个错误的山谷出发而达到目的。同时还说塞尼斯峰是畅通无阻的，其他两处则已堵塞，从山麓离开道路攀登峰顶可以非常清楚地俯瞰意大利平原。于是那两位拳击手会忘掉他们的争论，甩掉他们的手套，转而对付你，用他们的观点揪扯你不放。这是个极有意思的玩笑，在你引导他们前进一点之后，你承认自己对这个问题一窍不通，不过因为这场游戏如此令人兴奋，故而参加进来。

我曾经玩过一次这种把戏，那是多年前的事了，在我国有关考古学的一场讨论上，到现在回忆起来我还为之大笑。

谈 演 说

有一次我从一本书上读到，它说演讲是区别人与野兽的标志，但最近我从我的宗教精神导师们那里得知，不论什么东西都不能把人和野兽区别开来——即使是诗，更不用说祈祷——我想这种说法必然有什么错误吧。

没有关系。问题在于动物是否说话（我肯定鹦鹉行，因为我亲耳听到过）。人却是说话的。但是言语也能区别人和兽，也许不能区别（如果，确实，存在区别的话），演讲——在复数意义上的言语——倒真正不容置疑地把政治家和普通的平民区别开来。

现在虽然我使用“政治家”一词，可不要认为我在贬意上使用它，似乎我光指国会议员，甚至内阁大臣们。不，我指的是任何一个想为公众事务白忙活的人。不仅有国会议员、市议会议员、高级市政官、工会书记，也包括一切在和平的宁静光辉下活跃的那种人。这些人，我说，毫无疑问，由于演说的习惯，有别于他们的同胞，不过这不能跟演说的才能混为一谈。

这个题目可以分作许多小标题，像一条希腊神话里的九头蛇，不过那未免烦琐。我不如把它作为一个整体。不仅如此，演说本身分为许多标题，自觉或不自觉，把这套体系扩大到抽象地对演说进行任何讨论，那会是极其复杂的。牛津有一位教士兼学监，他保持一个非常重要的传统，结婚后跟他的妻子在一次长时间乡间步行回家途中，人听见他说："第十七点，亲爱的……"他是个现代主义者[①]，年轻人都知道他，称他为"河马"。

要是有人问为什么你所谓有政治头脑的人必须老发表演说（而且是过分地长），回答是，只有这样才能使他的同胞留下他的印象。他不能写作（通常）。他不能深思。他不能做模型。他不能画画。他不能建筑房屋。他不能驾驶帆船（在这些短句之后应加上"通常"）。我不想说他不能骑马，因为使本国人民欣慰的是大批公众演说家会骑马；他们当中有许多人是骑手，许多人是猎狐者；那些在某方面有特长的人通常在另一方面也行。他就是不能干任何一种有用的事情（他肯定不能挖土）；他不能计算，他不能——不，天哪！他不能写诗。但任何傻瓜都能说话。

确实，我有一次听说一个人，继承了爵位，娶了一个非

① 此处的现代主义指十九世纪末二十世纪初天主教教会内部的一种神学思潮，主张把传统信仰与现代科学与哲学加以协调。

常有钱的女继承人,她的左肘上有一个大铁钉的标记。在他娶她的时候,他不能把两个词联起来用;但她用铁钉般的意志训练他,在社交集会时坐在他旁边,最后他学会了最流畅的演说——尤其是有关国际间的和平问题。他会拿出所有相互联系的事物的例证,它们可以中断国际关系而导致准备仿佛战争一般的行动,使那些可能会饱受战争之害的人群产生恐惧并抗议。

一切有政治头脑的人,我肯定,都能说话。但这只是多余重复。因为假使有政治头脑的不能说,他们就不是有政治头脑的人了,或者更准确地说,他们就不会以有政治头脑而知名了。他们也许继续成为有政治头脑的人直到他们愁眉苦脸,像我的一个朋友,他老是热烈渴望成为国会议员,这确实本来会成为事实,但由于在家里对一些无关紧要的事滔滔不绝,例如比例代表制;而他每当看见几百只白乎乎被称为面孔的东西像许多鸡蛋排列在面前时,他在讲坛上却哑口无言,像患了瘫痪症:对此我并不奇怪。

我说政治家的演讲在时空上使他扩张。假如政治家的演说不长,或者他老在同一个地方发表,那他绝不会有影响。因此他走遍全国。我说什么呢?我要说全欧洲。不,更广大,全世界——包括美国,南非较小的荷兰人地区,挥动胳臂,伸出手指,挺胸突肚,断言自己是最可信赖的人。

说到这里头脑简单的人会提出一个问题:“请问,先生，”他说，“假如我想要成为一位政治家，你能不能告诉我，我必须走访的地方，最低限度有哪些？要扩大我演说的影响，最短的时间要多久？”

我会这样答复他：“小友，你误解了你任务的复杂性。你得考虑不只你可以访问的地方有多少，而且得考虑从一地到另一地之间的距离，以及这个问题的时间系数，也就是在多少天内你扩大你的演讲影响的覆盖面。至于你演讲的长度，又是一个复杂的问题。因为它根据晚上的时间和你的地位来决定；看看比方说你是不是本地的议员，或市长，或仅仅是支持一篇讲话，或提议表示感谢的表决：最后一班火车何时开，酒吧何时打烊，等等。”

不过，大体上讲，即使顺利，没有人应该讲不到一小时或超过一小时。假如他讲不到一小时，他确实会有充分的依据被人称为十分蹩脚的政治家。可是如果他讲得超过一小时，他又可以想象得到听众的厌倦。这条规律当然有例外。我曾谈到一位土耳其政治家最近一连讲了六天——把法国国会议员全都赶走了；同时我曾被告知汉威尔有个人老发表演讲而一讲就是一整天，这样做到现在已有十五年。但我断定他从没有在政府任过职，因为具有那种讲话本领的人总是一律要被撵到反对党后座议员席上去的。

仅仅在前些日子，有人给我送来一封信，问我在一篇政治演说中该放进什么内容。我回答有了政治演讲的专门知识,它的全部艺术就是避实就虚。对这个有那么多人提出来的令人困惑的问题，迄今为止还没有人回答过:“既然政治里头出金钱,为什么不是人人都成为政治家呢? ”这做起来比听起来要难得多。这就是答复。

亲爱的朋友,相信我,整整一小时,绝对讲空话是一种艺术。我不否认不多几年的实践会使一个人在这种微妙的技能方面成为专家,从而让他不知不觉地执行他的任务;因此在国会议员间产生这句话:“他们是在睡梦中做这件事的。”不过开头这挺难。如此一来,过去战前就英德关系发表演讲,人会自然而然地受到诱惑,说什么把他们(德国人)从海上消灭或(另一方面)说他们如何是他的堂表兄弟[1],他多么爱他们,他如何希望别人通通这么做,英德之间的战争是如何“难以设想”。

离题话:那个野蛮可怕的词“难以设想”在我们这个时代通用起来。我认识一位年纪蛮大的乡绅,离唐斯[2]另一边十英里,他老习惯认为这词是“不可饮用”[3],每逢他听到演说中有这个词就大叫大嚷,“听着! 听着! 听着! ”如同他想起该死的正在流行的、不带甜味的淡酒,它们排斥深色的雪

---

① 维多利亚女王与丈夫阿尔伯特亲王的长女嫁入普鲁士王室,因此英国王室与德国王室是亲戚。

② 英格兰南部白垩丘陵地带。

③ unthinkable 与 undrinkable 仅有一点不同。

利酒以及取代他年轻时酒精度低的深色甜白兰地的淡色酸白兰地。离题话完。

但这绝对不行。这种艺术的行家会站起来说:“我们从各方面听到德国人和我们,等等,等等(五分钟),但是勋爵们、女士们、先生们,说说这些事情是容易的。事实又是什么呢?(讲到这里又是十分钟,什么事实也没有介绍)勋爵们,女士们,先生们,他将成为一个鲁莽的预言家,一点不假,他会装模作样”(这里又一个十分钟,说这个鲁莽的预言家会装什么蒜)

“但是那可以提出来——不错,已经由我的朋友,不管部大臣提议”(这里是十五分钟,很容易耗满,因为你可以完全确信老布金斯[①]没有提出任何东西)

“那么,我的结论是什么呢?”(得出结论,十分钟)

这位内行如此这般耗费了他的时间,他以一套高谈阔论结束。对此我愿给你一点指导。你满口大话,把时间塞得满满的,非常之像滑脂枪[②]把润滑油压进差异不一的齿轮。你谈论你的听众所属种族的性质;你肯定你对他们高尚本质的未来充满信心;然后,总而言之,你让自己走东方君主的任何佞臣在亚洲式腐败最糟阶段也是不通的道路;在这

① 作者虚构的人物,指不按才能功绩而递补升官的官僚。
② 一种将滑脂压入轴承或别的机件的工具。

一点上，毕竟，你把自己表现为一个爱国主义者。

如果你结论说仅仅空谈是绝不会有好处的，那也不错；我们需要的是——然后你把你所知道的你的听众认为他们所具有的全部良好素质列举一遍。

然后你坐下来。

我想我听到你问我："这值几何呢？"

嗯，我计算了一下，平均起来我发现这类演讲的中等收入是一年不到 500 或 600 镑，再加上一年 400 镑的薪水，可以保持 5 至 6 年，另加上少数额外的机会，但不多。

这以后（问题就在这里），演说突然升值到 5000 镑至 10000 镑一年，加上大量的外快——各种各样的机会，从各种提升到总负责人的位置，以及天知道的什么和一切。

拿相当长的从事演讲的一生来说，从 23 岁到 70 岁吧，在此君生命结束时留下的钱不超过 50000 镑，或者在这当中他享受的平均收入不大大超过 3000 镑，那我对他评价就不高，比这多值不到：但值这个数。

这就是为什么人们普遍对公共事务缺乏冲劲，也缺乏候补者的缘故。但要有勇气。我认为他们的人数会很快增加。

谈 日 记

说来奇怪,世界上一种最自私、以自我为中心的行为却对我们的同类有着非同一般的价值。这就是写日记。若以它们总的情况来看，一般日记对人类的价值比其他文字的价值大得多,除开那些受灵感触发的;因为日记,尽管不由自主,通常却是一个见证。论价值,受灵感启发的诗、学说、格言占据首位,然而这些之后是日记。

某些日记或者每日记事(用更普通的词),并不是私人的,比方说一艘船舶的航海日志。它们是公事而且是必不可少的,即便如此,它们还是常常带有出于个人动机的色彩。但是大量的日记是出于三种动机之一而写的，或者部分是出于三种动机的结合：一是追忆过去，让逝水般的生活凝固;二是出名(或报复,这是同一回事),让人知晓作者见过的人,看看作者有多么了不起,或作者的某个仇人有多么讨厌;三是把某事记录下来备查,特别是有关金钱的。

所有这些动机都是个人的,高度以自我为中心,不过在出于这些动机而写的完全私人性的大量文字里面，我还是要说日记一般是对人类最最有用的。

它的有用在于可打破律师想致无辜者于死地或给他们转移一点惩罚的图谋——虽然(唉！)在惩罚流氓无赖方面不是同样有用，因为流氓无赖除非当权人物反对他们，否则是不可能受到惩罚的，但由于最坏最大的流氓和当权人士狼狈为奸，这就更不可能受到惩罚了。日记除法律诉讼外还用于裁决别的争端。然而日记最大的价值无疑是在历史研究方面。在历史研究方面日记的价值何在，恰恰值得仔细考察一番。因为作为历史的证据，日记受到误用，在受到误用时那就比无用更糟。它们简直是歪曲历史。

据说根据官方文献写的历史必然是可笑的，因为写官方文献的人是有酬撒谎。那是真话。好，写日记的人可不是有酬撒谎，但是我说的所有那些撒谎的动机他全有，尤其是虚荣和报复。除开日记是由它们的作者精心作伪外，它们常常是根据笔记和记忆写出来的。他会把异端邪说表现为经验和一般经验的谈论，而这些经验只不过带有一种当地的和特殊的性质(在最近成功的反叛活动中，我在一个爱尔兰统一党[1]党员的日记中看到这样的完全真诚的一则：“人人都期待着最糟的情况，希望能及时地逃往英格兰”这里“人人”很难包括

[1] 北爱尔兰新教徒主张与不列颠联合而组成的政党，不时与天主教政党发生冲突。

全部爱尔兰人民，但必定指作者自己的那个小圈子。）

日记，因此，如果你读它们一般的表述从字面上过于当真，作为直接的证据是不可信赖的，或不考虑作者的感情和他的局限——尤其是人的种种弱点，吹牛、说谎、怨毒，以及这条线上其余迷人心窍的东西。但作为间接的证据都是有绝对的重要性——为了日记这一性质的缘故我要祝福和赞美每个日记作者的名字，不管他表现出多么恶劣、不可信赖、态度糊涂。

因此我最近一直在重读伊夫林[①]，目的是了解历史，我也深入温习皮普斯[②]（很少人把他通读过，我并不自夸比别人高明）。皮普斯是一个远比伊夫林诚实的人，因为伊夫林身上有种清教徒的气息。不过应该体谅有人认为清教徒人格高尚，道德败坏总要比贪婪和伪善更糟。有人愿意说皮普斯是坏人，伊夫林是好人。

不管怎么说——问题在于与其说每个日记作者告诉你什么，不如说他只是通过感觉加以暗示，这是不自觉的，例如伊夫林在记述伦敦的见闻时，随便评论一个妇女因谋杀亲夫而在史密斯斐尔德被处火刑的事件，接着就转而去谈

---

① 约翰·伊夫林（1620—1706）英国作家，其《日记》发表于1818年，记录他在欧洲大陆旅行和对同时代一些人物的印象。

② 萨缪尔·皮普斯（1639—1703）英国作家，原为海军行政官员，以其《日记》详尽记述同时代社会政治大事而闻名。

更重要的事情，这对现代读者是有启发作用的，因为这使人了解到当时人们的心态。在玛丽·都铎[①]一个多世纪之后和处死爱丽丝·李塞尔若干年前(她，顺便提一下，是遭斩首的，虽然被判火刑)，伊夫林把这看作是一件可怜但普通的事情；很像我们看待一辆囚车把囚犯送去服苦役。那可以对历史学家说明为什么在我们这里直到法国大革命还继续把妇女烧死。

再说，在皮普斯告诉我们，他要求侍女过来跟他和他的妻子一道唱歌(如果我记忆不错，是轮唱和三重唱)，这对那时候跟我们今天习俗的不同是一个令人吃惊的注释。他把用人当作跟自己一样地位平等的伙伴，只不过比较穷，受形形色色的压力和忧虑的支配，如同孩子一样。他从未想到比他们不幸的人是另类。如果皮普斯这么写是出于矫情，为的是要表现他平等对待所有的人，因此有多高尚，那么作为他那个时代的社会道德风气的证据是毫无价值的。现在他那么写，显然并不是矫情，理所当然，那是无价的证据。

虽然它们明显是经过润色的，在西德尼[②]和里斯比[③]的

① 玛丽·都铎(1516—1558)，英格兰女王，因血腥迫害新教徒，被称作血腥玛丽。

② 斐利普·西德尼(1554—1586)，英国诗人。

③ 约翰·里斯比(1634—1689)，英国作家，作者提到的他的日记可能即指他的《回忆录》(1734)和《旅行与回忆》(1813)。

日记中还是有某种价值，不是因为他们作为意见表达的东西，甚至也不是因为他们为某些事情作证来支持他们的意见——所有那些通通是宣传——而是作为未意识到的证据揭示那个时代人的习气。

我有时会思考我们现代的日记作者是不是对后人有这样的价值。在初读时我每每怀疑。它们是如此肆无忌惮地弄虚作假，似乎毫无价值。几乎我读过的所有现代的日记都很清楚地表明，写作的目的就是不择手段为作者个人服务；一般是出于虚荣，永远是把他或她个人写得十分详细。不仅如此，他们十分放肆地撒谎，相信读者无法看穿作者的虚假(在这一点上他们证明是有道理的)。这种反应充其量不过是用小字不起眼地排在报纸那大量新闻和广告后面的短信，而最坏和最普通的结果是根本不予发表。我自己在现代日记中就读到过大量的暗示影射是我亲口的发言，实际上不仅我从未说过这些话，而且也不可能，因为当时我不在现场；那种经验我肯定为出现在“下流坯大揭秘合唱”“秘史”“揭开社会黑幕”这类报道里面的其他大批人所熟悉，自大战以来我们深受其害，不仅如此，我们的现代日记(我谈的是英国的)，虽然它们有办法对个人说些可笑或毁谤的话，却提供不了有关公众活动的重要新闻，因为这样的评论在重罚之下是受到禁止的——这大概有关国家的利益。

然而，我相信即便是这些现代的日记，是的，甚至在日记作者还在世的时候出版的那些不可原谅的东西，它们肯定是具有历史价值的。不管那个撒谎者打算这么办或不这么办，他必然要说出根据那些对他似乎并不重要的事情而透露的真相，但是那对几个世纪以后的史家却是无价之宝。

比方说，不久前我就在这样一本日记中读到过一次便宴的记载，它的作者说他亲自参加了，大概这不假。但可以肯定的是，就我个人所知，他所描述的谈话是绝不会有的，他把自己描绘成这次集会的一位重要的客人，然而他几乎未受到注意。但在那个片段中，他提及两次交通堵塞，严重到他乘车从五月市场尾到西敏寺头的半英里稍多的路上竟花了一刻钟。现在一个距今不远的后人会忘记我们目前伦敦交通的状况，我以为这是可以理解的，甚至很有可能。这些情况也许是短暂的，让我们希望如此。大量将成为我们十九世纪和早期二十世纪的经典文学的作品对这类交通拥挤的情形只字不提。但这对未来的历史学家却具有何等启发的意义！

再说，如果未来的历史学家奇怪为什么铁路客运分为头等和三等，遇到这样的一句话多么开眼界："那是由一辆旧二等车厢改造的。"——即使那句话是夹在无可救药的谎言当中。再有(引用不过前些日子我从书籍之一读到的另一句真实的话)"她供不起她的儿子上伊顿[1],所以她正送他上希鲁斯伯里[2]"。

但,正如毕肖普版《圣经》[3]说的会把我带到远方去了。

---

① 指伊顿公学,英国历史最悠久的私立中学,成立于1440年,学生多为名门贵族子弟,校址在伯克夏郡温莎市。

② 指希鲁斯伯里公学,英国另一所著名的私立中学,地址在希罗普郡的希鲁斯伯里镇,成立于1552年。

③ 指1568年出版的《圣经》英译本。作者的意思是说"离题了"。

论 清 通

一个人着手工作，他对工作总有个目标。如果他建筑房屋，他的目标是保护人类和物资免受天气之害。如果他用造型艺术摹画人体和风景，他的目标是记录印象，把人生过程加以固定，不受时间的磨蚀。如果他写作的目的是表达一种理念，那就是说，他用确切的内容充实它以便容许他把它传达给别人。

但在工作过程中人们发现他的活动变为——也必然成为一项工程。他不能随随便便地，而必须用某种态度工作。这必然是因为他受到限制，也因为他身上的创造力是一种个性。不论他在建筑上，在绘画上，或在写作上做什么，通过对这两方面的认识——即跟个人的创造活动不可分割的限制与统一——接近完美无瑕。倘若由于他热切的心情使他忽视限制，效果就要受到损害。倘若因为不管什么样的疲劳或混乱的影响，他失去统一，他的效果也要受到损害。不管他做什么，他的作品往往跟他的成功成为一个统一的事物，具有自己的轮廓和特点，反映或者投射出那受到限制的，严格同源的东西：即一个人的灵魂，他的作品正是从它产生出来的。

人，认识到这点，就会充分意识到（尤其在旧艺术时代）他做什么必然带有工程的性质，开始冒另一种风险，犯一种跟忽视或混乱截然相反的错误[①]；开始给形式以首要的地位，努力对形式而不是对表达和创造进行尝试，他试图用次要的东西替代首要的东西。

在文学史上时而这个错误，时而那个错误占据上风。在我们生活的时代，我们今天用于表达的媒介方面，英语，其错误达到忽视与混乱的极端。跟这一点并驾齐驱的，通过抗议的形式，作为这一错误的小伙伴永远伴随着的是形式的夸张。但松垮是通常的情况，照我看来，似乎对现代实用英语的第一条批评是它失去了形式感；但紧接着加上去的下一条批评是重建形式的尝试必须鲜明地防止矫揉造作。一代人以前我们有两样清楚的事情。我们有一股英语混乱的潮流涌入（自那时起扩大开去），尤其出现在小说中。由于小说变成愈来愈夸张的大众读物的典型，松垮的文体也随之发展。男男女女以小说而著名，因为它适合一时流行的情绪，虽然它是不定型的。因此受到削弱的是对一种持久的风

① 作者这里指的是形式主义。

格的刺激，那种不定型的情绪开始覆盖写作的领域。跟这并列的存在一个小小的流派，韩莱[①]是它的领袖，史蒂文生[②]则是它最著名的技师，它们在针对突然泼下来的水所作出的反应中，倾向把文字排列成种种模式。两者都是不对的，但前者要谬误得多而且在继续发展下去。

要解决这个问题的关键是我们首先必须问问我们自己为什么写散文——因为我正在谈散文，不是韵文，韵文的形式完全是不同的问题。你可以说他写散文以维持他贫困的生活，这是千真万确的，要是财富分配得较公平散文会写得很少。不过当我问“为什么”时我的意见是指写散文带着什么“散文写作的目的”。那是为了向读者的心灵传达作家的观念——某个结论，某个想法，或某个幻想。

那么散文的主要特性是什么呢？应该始终通过它而对散文加以检验。在清通这个词的完整的含意上，并不意味最愚钝的，或词汇量最小的读者，对一篇这样的散文可以悠然自得地鉴赏；也不意味在清通的散文中表达的意思比别的文章更容易掌握。清通意味着散文中的这种特性，凭借它，不管你心中有什么想法，多么难以表达，多么不寻常，多么需要使用生僻的词语，一定会以可能最高的清晰度在你的

---

① 威廉·欧奈斯特·韩莱（1849—1903），英国作家与编辑。
② 罗伯特·路易斯·史蒂文生（1850—1894），英国小说家。

读者的头脑中再现。并非所有的事物都能以同样清通的程度传达出来，但是适合于每篇文章的最高的清通程度是作者追求的目标。我无法把双曲线的概念传达给所有的人如同传达圆周的概念一样清楚，但如同双曲线的准确、清楚、简明的定义，这样一条原理是存在的。

一百年前一个德国人非常准确地说过，写作的艺术是把文字落到纸上，使它们从纸上复活进入读者的灵魂。要做到这点首先就要清通。散文需要清通，在一个人的文章中使文章达不到清通的一切毛病都是缺点。如果它是因为臃肿或作者无能为力，那是一种非自觉的缺陷，可以通过分析而改正。如果那是自觉而为，就是违反优良写作规范的罪过。

许多人这么做，自以为是成名的捷径。他们是民族文学最恶劣的敌人。因为新思想容易陷入新的表达方式，同时因为深刻的思想是通过一场斗争才进入作家的心灵的，一方和另一方（尤其是二者结合）每每表达得晦涩难懂。晦涩的表达可以越来越多地由越来越大的智能努力，亦即罗塞蒂[①]主张作为值得一读的作品的第一个考验，所谓“基本的大脑工作”加以消灭。由于作者处理的课题本身的性质，它常常不能完全排除；但只要你不怕更多的麻烦，这可以在越来越大的程度上做到。他越是关注读者，他就越使自己不让虚荣

① 丹特·加布里埃尔·罗塞蒂（1828—1882）英国诗人与画家。

心纠缠不清。这就是为什么有人十分真实地说过：人有什么话要说，而且非常想说出来，同时一心想让别人接受的时候，他不可能写得糟。总之，跟他的能力成正比，他写得不好的机会肯定比一个几乎没有话要说而且对别人接不接受毫不在意的人要少。但因为重大的事情是这么经常地由它们的作者在匆忙中晦涩难懂地说出来，依然被认为是重大的事情，因此模仿者也就接受矫揉造作和故意晦涩的可恨习惯。勃朗宁[①]的作品，尤其他的晚期作品（那必然是散文而不是韵文），是一个合适的例子；加莱尔[②]本想模仿他崇拜的偶像写得晦涩；但他内心有这么一股精力，因此，他违反自己的心愿而澄清了他的印象，用苏格兰火焰烘干了他的日耳曼泥土。

在清通这样的最高品位方面有两类，伟大的作家总是合二为一。有整体的清通，从头到尾贯穿一页或一部作品；有优雅简洁的词语，有如神来之笔的清通，寥寥数语连接起来，光芒四射地涌进脑海，在它们小小的基础上竖起整整一个时代。这里就有一个在天才手中出现的技法精美的例子可以比拟。我愿意当一下老派人，从拉斐尔[③]的作品中举出

① 罗伯特·勃朗宁（1812—1889），英国诗人。
② 托马斯·加莱尔（1795—1881），苏格兰作家，历史学家崇拜德国哲学。
③ 拉斐尔（1483—1520），意大利画家，桑齐奥是他的名字，原画为西斯廷教堂的祭坛画。

一个。愚人们称他为桑齐奥。若你愿意看看西斯廷圣母像(我怕还收藏在德累斯顿),你会看到贯穿全部形象的准确的线条。凡人意图用线条表达的东西他都做到了。他是他那一行的大师和创造者。他不容许线条作为技法反过来影响他。圣母脸部的庄严崇高,在脚下的两个小天使的面容的可爱完全是按他们的作者的意图创作出来的,如同衣纹的飘动和成为整体的作品一样。然而在这种清明流畅的美质结合中,有着一个非凡的、独特的、使人入迷的成就:我指的是圣子的眼睛。在描绘这些东西时,绘画的技巧,超越它本身的局限,暗示出超凡出世的一些东西:这样的超越是清通的,取得罕见成功的最好范例。

在散文中你也有同样的情形,散文作家的任务是传达,他的工具必须完全是他的仆人,绝不能不管程度多么微小,控制它的主人。他一定不能说一句迎合那件工具的话。他也必须迫使工具适应他的需要。不过即使正在他这么做时,因为清通是他诚实而一贯的意愿,简洁优雅的词语,在关键地方像珠宝一样,会对他反复不请自来。

纽曼[1],毫无疑问是具有超过同时代其他作家在散文写作中的这种首要性质的,他下笔页复一页,如一条饱满宽阔的大江奔流不止,势所必然地敲打出一道又一道闪光,换一

① 约翰·亨利·纽曼(1801—1890),19世纪自由教育倡导者。

个能力较小的人就会想方设法去做到这点，好像他不是写散文而是修辞学论文或韵文。在我认为一般散文的最好的样板——我指的是四部《福音书》——里面，这个高峰以什么样的频率从一般的水平上升是惊人的。这四部《福音书》只要细心地翻译成任何语言，似乎都保留着它们卓越的特质；这是我所知的任何别的作品做不到的——肯定也是《圣经》的其余部分做不到的。有人告诉我，《新约》中圣保罗写的各书能由一位精通古希腊语的学者译成差不多接近优美的英语散文一样的文字，但我没有看到这个实验成功。《福音书》是散文的丰碑。在里面你反复读到那些简洁优美的文字，它们是清通最好的范例了。“别害怕，我已战胜了世界”或再举一例，“他们在掰开面包时认出了他”如果有人要你提出一条简单的法则按照它才会积极地写出好散文。保证成功，因而传之久远，我想最好的回答是我已经建议的那些。唯一要考虑的是你的读者的理解力，然后培养它。

优秀的散文的每一种特质都由此而来。你无法让你的读者正确地理解，除非你的意思层次分明。你无法合情合理地指望他理解，除非你有什么东西值得他接受。换句话说，这条规律保证你有话说，而且这些话会言之有物而不是一团云雾。所有一切细小的手段我们都用来改进语言的使用：删除啰唆累赘；处理好系词的位置；从词语所有的含意中选择精确的词义表现我们心中的概念；句子要平衡，不要太长，使我们的注意力疲劳，又不要短得没有节制，好像你是在对傻子或孩子说话；把句子造得使它的节奏表现出主要意思与修饰成分应有的比例；甚至段落与整体的平衡——一切都按这条规律办。

在这条规律下要删除多余的话，那是一种毫无价值的文体啰唆臃肿的祸根。多余累赘来源于偷懒和太匆忙；散文写得冗长是不好的，因为多余累赘搅乱读者的心思，并不因为它使作者显得可笑，虽然，这也产生这种作用。有人也许问我这条一般的规则怎么涉及肯定是一切散文最要紧的性质——亦即抑扬顿挫的声调变化的恰到好处之感呢？我回答这将由表达愿望自然产生的，因为表达本身就是一种带有音乐性的东西。但是如果你作为目的本身去追求它，那么你的散文会甜得发腻，这时散文是可怕的东西。在这个问题上瓦尔特·佩特[1]犯了错误，柏格森[2]则是个大罪人。

有人想这条清通的规则只涉及陈述，也就是判断。实际上它适用的范围要大得多，普遍都可以。它适用讽谕、愤怒、感伤、热烈、低沉的语气。它跟实际上属于你表达的一切情绪有关，只有在你的读者心中唤起如你心中一样的情绪时，你的表达才是成功的。

---

① 瓦尔特·佩特（1839—1894）英国作家、批评家。
② 亨利·柏格森（1859—1941）法国哲学家，1927 年获诺贝尔文学奖。

但是在一个人把这个过程突然调转方向，为了言语效果而追求言语效果，考虑节奏或为了表现而加进一个词，这时他的文章就糟了。这并不是指明显写过好散文的一个又一个作用缺乏一种奇妙的效果，而是指他不自觉地取得这种效果。梅雷迪斯[①]的散文之所以非常有力是因为他持久不断地决心表达并且使他的读者接受他切望给予后者的东西。他明显地在把他绞尽脑汁的一种材料安排到写作中去。一位优秀的批评家说“他用一种外语思维，”[②]但他没有标新立异的意愿。梅雷迪斯的意愿是真诚的，是他的意愿的真诚性给予他在文坛上的地位。

对散文有一种考验，跟一切人类的工作成果一样，那就是时间。人决心要使之清通的散文必然是结构完善的散文。它是苦心经营出来的。它不得不在限度之内运作，并且由本身去展开它的轮廓。它有一个边缘，坚硬而耐磨。我们加在当代缺乏结构的作品上的最厉害的惩罚不是告诉作者它们肯定完全不能传世。在千百万人中间流传，跟作者试图引导的读者轻而易举的融洽无间，而实际上作者是急于追随他们的，错误地判断你一时小小的兴趣是人类永久的兴趣——所有这些都要经受时间的考验。

---

① 乔治·梅雷迪斯(1828—1909)英国小说家。
② 指构思比用母语难得多。

在过去绝没有大批的缺乏形式的作品，我们能通过它们来判断这一真理。缺乏形式的作品是现代的产物。不过我们可以通过有价值作品的相反错误来测验这条规则的真理性。十七十八世纪流传下来的东西是由于渴望传播而成为有形式的作品的。过分讲究的作品已被淘汰。精心安排的文字迷魂阵变得难以忍受的冗长。它在它那个时代获得巨大的成功,后来的人则觉得它无法卒读。随着今天走向相反的极端,我必然也会这样。后来的人将发现我们没有形式的观念是无法接受的,被它搞糟的作品,不论它现今如何著名最终是要消亡的。它给人的印象不是说话的声音而只不过是噪音。但是在我们这个嘈杂混乱的地方,只要有一个特别清晰的声音说话,语调调节适当,节奏明显自然,用词达意,不卖弄花招,不是无精打采,不屑杂乱无章,那么这个声音一定能留传久远。只有这样的绿洲将在现代文化垃圾的撒哈拉沙漠中引人注目。但它们为数很少,而且愈来愈少。

谈　翻　译[①]

我常常写谈翻译的文章，让我再写一写它，因为翻译具有高度重要的政治意义。我们生活的时候特别需要真正的翻译，也就是说要用一种语言把出现在另一种语言中的东西完美地表达出来；一种受到原作精神启发的表达。其所以如此，原因是基督教世界恰巧陷入一种历史上从没有类似情况的状态，主要是在它渴望表达的方式上已成为一种文化。由于不计其数的错误交流的可能性，它的表达工具形成激烈分化。

我们的文明，属于欧洲，是一种紧密相联的文明，就那些我在下面紧接着要加以考虑的不同的因素来说，也可以称之为一种“矛盾地”统一的文明。我们的观念的统一，我们的字母表的统一，更何况我们的生活习惯的统一（我们的家具，我们在除语言、音乐、视觉艺术外所有方面的交流，确

① 本文曾由周永启教授校正，译文略去了个别古希腊语、拉丁语、古法语的英语译例。

实,尽管存在巨大的分歧,还有我们记忆中的宗教的统一),在整个西方面对着不下五种相当独立的主要地域性语言[1],而从属于这五种主要地域性语言的又至少有一百个小语种。没有人,包括最有文化、游历最广的人,完全能掌握这五种地域性语言。很少人也许自称掌握了三两种,几个人(从好几百万人中)自称掌握了三两种。

习惯上把现代西欧各国跟古希腊的各国相比。在那里,有人告诉我们:“你也有高度地域性的爱国主义,以及理所当然的邦与邦之间的战争;那里你既有统一的思想感情,也有同时并存的偏激的分裂的思想感情。”在斯巴达、雅典、科林斯,和现在欧洲各国之间存在难以数计的相似之处;现代人由于他们自己可以和这些古国里面的任何一个相比而感到荣幸。然而一旦考验通晓的语言时整个情况就无法相提并论了。任何人都能从奥林普斯山麓的萨洛尼卡湾走到伯罗奔尼撒南端的马塔潘角,到处用他自己的语言说话。不错,那确是一种有差异的语言,不过若跟今天诺森伯兰与苏塞克斯[2]农民的语言相比,不如说它们更近似同一种语言,

---

① 作者原文这里用的是 idioms,该词意义除习语外尚有方言的意思,但据下文他实际指的是现代欧洲各国的语言,如英、法、德、意,西(班牙)语,为与我们概念中的方言(dialect)加以区别这里译作地域性语言,以后在不致混淆的地方经译为语言(1an-suase)。从语言发展的角度看,现代欧洲的各国民族语言都是从方言发展起来的。

② 英格兰的两个郡。

更不必提多佛与加莱，米兰与英黎士，乌迪纳与萨格勒布[①]。在四世纪的希腊，一个有教养的人，只有一种民族文学受到他的热爱，他的文学和知识处处都完全适应，也无论它的形式是古代的还是现代的。然而今天出身良好，经济宽裕的人，英国人、法国人、意大利人、卡斯蒂利亚人[②]、德国人，必须吃力地学习其他一种或所有四种国别语言才能分析欧洲文学。

比如，正在写这篇东西的我，可以费力地读意大利语或西班牙语报纸。读德语报纸就不行。我可以读一份法语报，可是好像不同如读英语，但依然可以相当充分地理解。至于这些国家的文学，比方说，普通的小说，我根本不能读德语作品，也不能轻松地读意大利语的作品，卡斯蒂利亚语的呢，除非四分之三凭猜测；如谈到文学经典，要通过阅读立即产生绝妙之感，除开用英语写的外，我就丝毫无能为力了。在我的熟人当中我认为有高度文化修养的——也许为数一打吧——只有他们才具备对我的母语以外的两至三种外语充分评论的资格；生活让我遇到过其他许许多多的人，但在我整个一生中我仅仅认识两位，他们一般熟悉这五种

---

① 多佛为英国海港：加莱为法国海港；萨格勒布为克罗地亚城市；乌迪纳为意大利城市。

② 卡斯蒂利亚为西班牙中部与北部一地区，标准西班牙语以卡斯莱利亚语为基础。

语言，而没有一位全部精通。

所以情况就是这样，我们都属于一个西方世界，衣食非常相似，全都长期不断吐出一大堆思想观念，然而却拴在五大群语言上，它们彼此分离，任何过去统一的文明的语言从未出现过这种情况。让我们把这一想法充分牢记在心，因为这是涉及现今坚持必须有良好翻译的一切论点的基础。

使用对比的方法突出真理总是有价值的。若有人未能重视我们欧洲的现状有多么独特，让他考虑考虑过去任何一个著名的时代吧。过去总有一种，最多两种伟大的文学地域性语言。要么每一种文明有一种，如早期的希腊，(可以假设)还有亚述与埃及文明，要么像我们全体来自的伟大的社会那样，希腊-罗马帝国，合二为一[①]。现在无需讨论组合它的任何一种，尽管它分化为土语、俚语、谬误的口音等等；一种地域性语言也即是一种广为人知的文化载体或工具。英语今天是英国地域性语言，一个有充分鉴赏力的人，生就为英国人，或一个说英语的人，就能阅读用这种媒介写的东西或加以评论。在人类全部历史上这就是人类通常对待“语义学”的态度（用伟大的犹太作家米谢尔·布里尔奠立的学说）。在形成我们西方文化的五个世纪中，也就是转型和奠

① 指古希腊语与拉丁语。

定基督教世界的几个世纪中，两种地域性语言希腊语和拉丁语并存。古代社会受过教育的人，传统文化所赖以维系的有文化教养的少数人，同样熟悉两种语言并非怪事。古代文明从科林斯[①]的瓦解到进入第四世纪都是双语并用的。一位安托尼努斯[②]时代的罗马绅士可以不分轩轾地用希腊语或拉丁语确切表达同样微妙的思想，如同我们使用钢笔或打字机一样。

后来有一个时候，看起来现代欧洲跟它有着相似的幸运，法语和英语形成在所有文雅的措辞上相互沟通的状态。吉朋[③]原来打算拿法语作为他写历史的媒介。拿破仑和法国大军试图完成统一欧洲的大业而结果适得其反。他们引发了民族主义，毁掉了普遍使用法语的构想，几种孤立的语族终于至少维持了几代之久。法国大革命以前，算得上体面的每个英国人都被认为能正确地说法语。在滑铁卢战役后有教养的人说法语都带英国腔。

要大批的人掌握即使上述五种地域性语言是不可能的，更不用说从它们派生的语言；他们中有很少人能吹嘘甚至粗通法语、英语、德语、意大利语、西班牙语，但这些人的

① 科林斯为雅典之后希腊最富裕的城邦国家，在公元前 8 世纪由多利安人所建立。

② 安托尼努斯(86—161)罗马皇帝，他以保护科学和艺术著称。

③ 爱德华·吉朋(1737—1794)英国历史学家。

影响力不足以形成潮流。可是,与此同时,普通的商业活动给不忠实的机械翻译造成可恶的方便条件。任何一个人只花几个便士，用一个小时就能买到一个与英语单词数量相应的,充满西班牙语谬误的译文。因此完美的翻译是迫切必要的，否则恶劣的翻译处——大企业的优秀儿女——会泛滥成灾。

把这篇文章的论点放到否定的框框内并不难。

我们都知道如果听任每种地域性语言不受其他同类语言知识的启发,那会产生什么情况。那些极少数的人,此刻想象(比方说)英语会成为白人文明通用的媒介,他们必须承认广泛传播已经对它在质量上产生了最可悲的后果。那些骄傲到头脑发热，认为官方的德语也会如此传播的人应该知道,假如真的如此,我们的思想就要完蛋。死板严格的人拿样样东西去查核最早的法语，很久以前就已发现他们的工具有效范围过于狭窄。我们为了西方的生存和健康必须有优良的翻译。到现在我们还没有。

好,让我们考察一下能达到优秀翻译的条件,阻碍它茁壮成长的敌人,及其应有的质量。优秀的翻译必须建立在认识媒介的基础上，从而才能把某种外国的东西吸收到里面去。让我们把这一点订为这种必要的新科学的一项准则。拿德语译成英语,你需要英语的知识;拿法语译成西班牙语,你需要西班牙语的知识——等等。舍此之外没有别的值得一行的办法。一个人若对一种外国语不十分熟练，就没有把握使那种外国语具有他本国语的色调。我们的头脑是这么构造的，它的鉴别能力比它的表达能力要敏捷。我们可能极其熟悉某种声音，然而模仿起来却挺拙劣。我可以把“Carlon liree toz sa baronie”译成“Charles the king and his Barony”[①]——(我自负)译文有原文的韵味。但我无法把“revisit the slimpses of the moon”[②]译为古法文。

确实，必要的是一个译者，倘若不是对他从事翻译的语言具有缜密详尽的知识，那么无论如何也应对它的精神有满腔热烈的感应；更必要的是他要非同一般地完善地掌握他自己的母语。

第二条原则似乎是这样：原文的精髓应该在译文中再现。谈到这里我们有一场好好的讨论。首先让我们指出全世界最优秀的翻译家中有几位已公认为直译的；这就是说他们一直是着意坚持不漏掉原文一个词的译者。这一派的不朽典范是圣热罗姆对《圣经》的拉丁文译本，和那一伟大业绩的派生物，在英王詹姆士一世主持下，《旧约》的英译，即使后来它的文体显得古老陈旧。在这种情况下，从这一任务的文学性质来说，译者并不关心它的文学效果，而是更重要

---

① 查理王和他的大片私有地产。
② 重温隐约的月光。

得多的信息的准确性。他不像荷马的译者,而像一个战时破译外国电报密码的人,根据每个词的精确的价值将内容转化为对他极端重要的事实。

可是这两部伟大的文学成果,拉丁文的《圣经》和钦定本英文的《圣经》是明显的成功之作。那么,这里存在一个矛盾!那种成功是如何取得的呢?我以为这两种《圣经》译文的成功是由于强烈的感情。译者非把原文的意义严格译成这样不可,没有别的译法。

倘若我们用这种直译的方法,不受热情的损害,来追求优秀的译品,我们会失败。这类优秀的译品是一个出现在脱离意志外非常特殊的情况下取得的可喜的间接结果。在这类译品中不可能出现自觉的直译的优秀作品。比方(拿我最熟悉的领域来说),最好的现代法语修辞学作品,偶尔由英国的出版界译成英语出版,例如雅雷斯的著作。译者采用直译,结果搞成了猴子的语言——谁也不懂。

优秀的翻译必须(除非出现白热化的满腔热诚)有意识地不拘泥于文字而努力表达原文的神韵。这就等于说译者必须有独创性的才华,他必须自己去创造,他必须有自己的能力。一部译作,如果要出类拔萃,在正常情况下,必须是一个杰出作家的作品。当然,一个优秀的译者在翻译领域之外常常并非第一流的作家,这是实情。我愿引用这种情况的四个例子:贝迪尔从古法语译为现代法语的《特利斯坦与伊索尔特》[①]，是我们这一代最了不起的书之一，乌圭哈特对拉伯雷《巨人传》的头三卷译本，好得无与伦比；达尚特的《斯堪的那维亚故事集》；丘尔奇的《荷马故事集》。这四个人在翻译之外都没有写过任何作品可以跟他们作为翻译家所取得的成就相比。但是，不管怎么说，他们的功夫在于，他们转变原作而不是照抄。他们做了大画家所做的事情，后者把他们看到的景物转示给了其他的观众。他们做了一个大演员所做的事情，通过他自己这个活生生的人把一个过去的活生生的人介绍给他的观众。

我们断定，出色的翻译需要非凡的才能，它想要再现，也能够再现原文的神韵、特色、精髓。

现在让我们考虑这样的艺术劳作的种种敌人；假如我们考虑这些问题，我们就会理解今天我们的翻译工作，尤其在英国，为什么失败的缘故。今天英国比过去更加脱离欧洲的影响；拙劣的翻译是造成无知与无能的不幸的一个很大因素。

优秀翻译的头号敌人，是认为翻译是一种机械性工作这一可悲的错误。它是在刚刚过去的那一代的普遍错误基础上产生的，我们如今正从那段时间里面脱身出来，当时一切都是可以度量的，可以计算的；机械的东西比有机的东西更有分量；只有能用数量表示的东西才是值得考虑的，智慧

① 亚瑟王传奇的系列故事之一。

光用数字说话（跟它们的神秘的质量分离）。它甚至试图把音和色简化为数字。在根本上那是剥夺了毕达哥拉斯①幻想的毕达哥拉斯错误。

让我们重新回到实地，在翻译上的这个错误观念是把文字看成死的符号，一种语言中的一个词要完全跟另一种语言中的一个词对应。

假如你照这样翻译下去，毫不奇怪，你也就把报纸的翻译当成今天在翻译上足以应付一切的功夫了；国外对国民感情骇人听闻的误解是我们现代出版物惹的灾祸。

这一根本的大错的自然结果是翻译可用最低的价格加以买卖。固然天生的翻译家，犹如天生的诗人，有时可用便宜的价钱收购，把他饿死。但是优秀的翻译——真的，唯一值得拥有的翻译——乃是一种唾手可得而又标存价格、大量畅销的商品——这种观念是直接从愚蠢和卑下的现代商业的基础上发展起来的。

有人说，"让我们出版阿纳托尔·法朗士②作品的英译本吧。"他们以为只要一个人懂得法语 vache 的意思是英语的 cow，maison 的意思是 house 就可以做译者了。他们不完全是去找最便宜的译匠，但是他们认为有大批能把高水平的法

① 毕达哥拉斯（约公元前 580—约前 500）希腊哲学家，数学家。
② 阿纳托尔·法朗士（1844—1924）法国小说家，批评家，1921 年获诺贝尔文学奖。

国散文译成英文的人是不成问题的，他们当中任何一个人跟另一个人都译得同样好。这行不通。商业化方法的结果是扩大每种语言对其他语言的忽视。它使我们的分歧明显突出。

在我面前摆着这种事情极好的例证。那位名叫维维亚尼的法国政治家在1918年后写了一份大战起因的报告，作为政治文献在文体上不很出色，但非常准确和重要。他确切地记下那些关键的日子和日期，1914年7月26日至8月4日，详尽而有说服力地描述了柏林、维也纳、圣彼得堡之间互相交换文件和函电的情况。这个对欧洲历史绝对是至关重要和意义重大的贡献，确证了普鲁士参谋部的罪行。这份报告被译成了英文，但算不上是合格的英语。这篇炮制出来的大杂烩交给英国的新闻出版界审核产生了不可避免的严重后果。英国的亲法报纸说那是一本很不错的书，但在他们引用哪怕是一个短语时，译文使得它看来滑稽可笑。亲德的报纸则引用同样的短语作为荒谬的笑话，同时英国受过教育的公众对这么一场理解当前国际政治的至关重要的讨论始终糊里糊涂。

这里，可能提出反对的意见说，如我鼓吹的那样的翻译，必然是神来之笔；只有罕见的，自发的努力才能创造它；不可能希望普遍做到；这样的译品是偶然的——像好诗一样。

这个论断可以作为合理的反对意见应用到第一流的、

令人惊异的翻译上。但是照我看，在我们时代的商业垃圾和第一流的翻译之间，似乎存在着一个广大的未曾填补的中间地带。只是这里那里，作为例外情况，你能发现出色的散文片断，但我们绝不能因此说，我们应该在通俗报纸上像国会议员或他们的支持者那样写作。你只有这里那里偶然发现出色的酒，然而你绝不能因此可以忍受以醋代酒。就翻译而言，必须像对散文和酒那样，(不像感情、打油诗和大贱卖)，它的要害是适度的中庸；不能降到常规的水平之下。它近来已落到这个地步——有近三十年时间——在英国是糟透了的降低。

是否存在什么恢复它的经济基础呢？对这个问题，如同二十种其他事物的类似的问题，只有两个答案，需求或资励。要么必须有对优秀翻译家的需求，同时有足够的钱付以相应的报酬，要么富人(或又老又穷的国家或其他的团体)必须捐赠。这后一个建议并不像听起来那么异想天开。一笔犹太巨产已经在这个领域得到真诚和有益的利用。我指的是罗布系列丛书，因此希望今天对来自当代大陆作品的优秀翻译付以合理的代价并不是不可能的。但是不论怎样，必须做点什么事情以克服当前的饥荒，否则英国将丧失她的欧洲文化。

反面的情况幸而不必担心。英语作品在国外译得很好。但欧洲大陆的作品在英国很少知名，结果从美国受到一种极度不可调和及歪曲事实的压力（从殖民地受到稍许），没有什么建树以保存传统。我们已看到这对我们每天的报刊产生的影响。它也正在侵犯我们的文学。另一代英国文学和英语文字将失去它们在基督教世界的抛锚地而飘流不定。

我们必须要有某种机制，使有价值的材料的优秀译本可以获得和容易得多的工作及平凡的写作同等的报酬。假如我们做不到，那么我们的前途将会受损，而且这损失无法弥补。

但种种困难令人忧惧，陷阱老早就已被发觉。

在我一生中自己搞的翻译不多，但就我扬长避短的一点来说这很吃力费劲，我所付出的高昂代价使我认为自己可以声称懂得一点其中的门径。我是从法文翻译成英文的，我的法文不错，但绝对不是完美无瑕。英文则运用自如。特别是我曾译过我们这个最代最好的散文作品之一——上文已经提及贝迪尔先生编译的特利斯坦的传说故事。但我回顾自己的译作，并自问为何这一片断胜过那一片断时，我发觉这一问题极难回答。

主要明显的问题是在这两种不同的语言的个别词语间缺乏完全一致的概念；两种文明思维特色的不同（比如一方是修辞性的文句，另一方也许像是朴实的散文；或一方是有逻辑性的思维，另一方则变为混乱）；一种语言中的观念根本没有出现在另一种语言中(例如法语的 constater[①],droit[②],directive[③];英语中的 gentleman[④],scholar[⑤],bun[⑥]),等等。但这不过是事情的开头。

还有神韵。还有语音的和谐。还有词汇营造出的周围的气氛,这依赖一种小小的社会影响和传统,对它们产生和使用的环境内的人是熟悉的,换一个别的地方则是格格不入的,完全生疏的。

有时翻译一个完全直白的陈述是极端困难的;例如法语的军用动词 flotter[⑦]。如果你说一支队伍"队形不整",或者你把这个隐喻运用于辩论,或其他任何形式的竞赛中,你想陈述的是一种非常难于译成英语的事实情况,虽然它完全是事情的明确陈述,也包含确切的意义。你不能把它译成"队伍要断裂了"或"队伍开始断裂"。"队伍处在断裂的危险中",那完全是另一组概念,不完全意味"队伍正在削弱"。我以为唯一最近似的翻译可能是通过大大引伸为英语词语而译作:"队伍正在变得有点不稳,它已经是弯弯曲曲的了,而且在这种状态下,它可以导致动摇不定,甚至可能断裂,要

---

① 查改。
② 手续费。
③ 方针,以上各词的多义性英语没有完全对应的词。
④ 君子。
⑤ 学者。
⑥ 有趣的人(或事物)以上各词的多义性法语也没有完全对应的词。
⑦ "队形不整",英语没有完全对应的词。

是这种趋势继续下去的话。"它包含所有这些意思，或不如说，它意味那种限定的、严格的——队形不整的状态。

那么在作出陈述的强调语气中有一系列阶段的问题，它们，仿佛可以说，按照语言，在步伐上有大小的不同。在一种语言中同样的两个极端[①]之间可以有五至六步，又一种语言只不过两步，再一种语言是五十步。很难有两种语言的边缘是一致的。

如果在直白的陈述这种情况是真实的，那么在使散文的每句句子的情调——语调出色方面更为千真万确。如果你不以一句庄重的句子把另一句庄重的句子译出来，那根本不是翻译。如果你不把原文中某种程度的嘲讽语气译到译文中去，那也不是翻译。如果你用粗野代替愤怒，用窃笑代替嗤笑，或用暴发性的激烈行动代替经过深思熟虑的一记重击，那你就不得要领。

翻译的极端困难，它的极端微妙，它的艺术性质，也可以在这一点上见到：生气勃勃地推动一种发展的伟大的散文所起的作用，对另一种文明却几乎是一无所知；这不仅仅是因为翻译语言表达力的不完善，而且也因为把原文的作用充分发挥是完全不可能的，除非通过某种机遇或某个天才的举动。一个例子是卢梭的《民约论》。在英国研究法国大

---

① 作者这里是指每种语言的这一语气同样都有两个极端。

革命这一课题的为数极少的学人当中，没有一个理解卢梭《民约论》为何有那么巨大的影响，犹如我遇见的法国人当中，无疑没有一个人想到英国国教的《祈祷书》会对一个英国读者产生巨大的影响一样。

然而天才有时达到这种目的。有人说勒萨日[1]的作品是无法译的——至少，不能使读者产生完全如读原文那样的愉悦，可是我家中藏有《阿斯莫德斯》[2]的英译本（1841 年由约瑟夫·托马斯译），并且经常重温。它无懈可击，可以这么说，勒萨日穿上了英国服装复活了。但我不知道，他的《吉尔·布拉斯》是否也已经译出来了。

安杰利尔翻译了彭斯[3]。我也知道至少有两个片段，一在《裘力斯·恺撒》一剧中，一在《罗密欧与朱丽叶》一剧中，都用法语译得传神。但这种事情极为难得。

熟悉使用你翻译的语言那个国家的人民日常生活，对真正的翻译即使不是主要的，也是一种不可多得的帮助。前些日子我读一本华尔顿夫人[4]谈法国人的书，就有那种亲切之感，我认为一位说法语的犹太人写的《勃兰布尔上校的沉

① 阿兰·勒内·勒萨日（1668—1747），法国作家，代表作为流浪汉小说《吉尔·布拉斯》。

② 《阿斯莫德斯》原是勒萨日小说《瘸腿魔鬼》中的一个人物，其作用跟《浮士德》中的靡非斯特类似。

③ 罗伯特·彭斯（1759—1796），苏格兰诗人。

④ 爱迪丝·华尔顿（1862—1937），美国作家。

默》,作者对英国人的心理也有同样类似的亲切感。华尔顿夫人的近作跟翻译毫无关系，它仅仅是对法国人的一种赞赏,写得好到令人惊讶,而《勃兰布尔上校的沉默》表面上不过是一部小说,但它们却说明了我所指的那种精神,它不完全是对外国人的心理的同情,那是一种洞察。

纯粹的无知是造成许多糟糕的翻译的原因；这是大大超出一个人的想象的。就拿卢梭的《民约论》来谈,我记得一位牛津的研究员,在向我指出那本不朽的小书的错误时,让我看出在某部作品(可能是迈因[1]的著作)里的一个不一般的大错,但作者本人不知是错误。他问我引用的那个权威把卢梭的一个短语,“全体的意志总是率直的(droit)”译成荒谬的“全体的意志总是公正的(right)。”那位庄严的先生继续非常吃力地辩论下去说卢梭犯了一个错误，全体的意志并不总是公正的——比如对泰特斯·奥茨[2]；或南非战争期间对布尔人[3];或拿你喜欢的任何事情为例。

一个人翻译中遇到的所有困难的问题之一，是在翻译常见的夸张。在法国的政治性作品与演说中,用一般现在时和绝对的态度，提出一场灾难性结局的论断是最普通的事

---

① 亨利·詹姆士·迈因(1822—1888),英国法学家。

② 泰特斯·奥茨(1649—1705),英国政治犯,他捏造了天主教会推翻英王查理二世的阴谋,导致反天主教的骚乱。

③ 即布尔战争(1899—1902),英国南非殖民地的布尔人反对英帝国殖民统治的战争。

了，其实作者不过是意图警告你罢了，也许甚至不可能发生。不到一年前一位著名的法国议员的一篇就预算发表的演说(它被直译出来发表在英国报纸上)，其中有一句话，如果准确地译出来，大致是这样："你已把我们不幸的人民导向完全的毁灭。"实际上，英译文也许是："我同意这位可敬的先生的意见，他说我们将肯定度过难关，但与此同时，有迫切的紧缩必要，等等"——文字的形式，对照原话，同样错误。比起不加修饰的事实，一个说得多些，一个说得少些。这种过分强调存在于法语的天才创造中。你可以往回远溯至《罗兰之歌》[1]。所有的语言的使用者是知道惯例的。外国人就不然。如果一个法国人谈到一个骑墙的政治家时会说他是叛徒，而一个英国人则说，他对他的敌手无可指摘的正直表示钦佩不过，但他们谁也不打算让人们把他们的话当真。他们都意指那个家伙在公开的身份上近乎是卑鄙小人，但在他平凡的私人生活中无疑是够正派的。

这里是另外一个陷阱：词义的交迭。各种语言中的同一个词不仅用于多种不同的意义，而且在每种语言中你可能用任何一个词承担好几个任务。当你把它译成另外一种语言的同时，你就拾起了一样不同的工具。你是在着手操作一台不同的机器，它起着跟你正在翻译的那个词相似的作用，但也

① 法国中世纪的英雄史诗。

起到那个被翻译的词无法接触的别的作用。

以英语 street[①]和法语 rue[②]这个词为例。把一个词多译为另一个词,其中要有一些极为细微和不加渲染的说明,但其中不足的是这两个词勾画出的心理画面是不同的，但每个词在各自的语言内包含一整套用途，其中有一些对两种语言是共同的。显著的是在这种情况下你使用 rue 这个词时它模糊地暗示革命和内战中的巷战。对英国人来说 street 暗示的是一般和普通的内容。在一个词的背后是“到街头去”的气氛,世世代代的法国人使用它,意味着反抗现政权的武装起义;在英语中则暗示“无家可归的人”的气氛和英语中所有跟街道这个词相联系的平民家居生活内容。

高卢语 cheval[③]这个词(已纳入拉丁系的语言)黏附在一整批概念上——黑暗与中世纪时代、封建时代的等级制、出身高贵:它代表骑士身份,“最低级的贵族”和“骑士品质”。英语中的“马”这个词跟上述一切毫无关系。它跟整整一组其他概念有联系,尤其是种种娱乐,它还十分古怪地跟“粗硬”和“广大”这样的概念绑在一起。一个优良的骑手并非骑士,骑马术不是骑士作风。horse-sense 和 a horse pace[④]不关

① 街道。
② 同上。
③ 马。
④ horse-sense 是粗浅实用的知识;a horse pace 是长脸的意思。

cheval 的事。一个爱马的人不等于一位马上英豪。古法语有关“圣地”的这句话“la doit on faire chevalerie”仍意味着“必须有去骑马的人。”但它是指十字军。你不能把这个短语用根据马的词来译成英语。拿一个英译法的例子来说：你找不到一个法语同义词来译英语 public school[①]中的 school 这个词，而能保存其深刻的社会含意；该词暗示在翻译上的另一个明显的陷阱，在一种语言中可用同一个词代表非常不同的概念，却又有某种基本上共同的东西。在说到两名伊顿学生“他们同在一个学校”时，它甚至给出一个淡淡的暗示，你必须使用法语 collase 这个词，即使这样你还是跟原文相距甚远[②]。假如你是谈一所乡村学校则必须使用 ecole 这个词。法语的 promenade 用于指散步，也用于任何闲游的意思。它用于军队在敌对行动时的进军，但不含需要战斗的意思。它也用于驾船出海、遛马。但请注意在后一种情况下，把这个法语短语译成英语 taking the horse out for a walk“牵马出去散步”表现出的怪诞。这样的意思要是以设想的对等加以直译，就相当于一个法国人说“我不是去海上旅行。我只不过到海上去散步。”你不能把那句话的意思这样译，除非采用迂回婉转的说法，如“今天我只不过坐船

---

① 公学，私立中学，书院。
② 没有表达 public 的概念。

出门。”

所有这一切都是反面的例子,得出的结论也都是空话,不过在考虑到所有的这些困难中，确实产生可以应用于翻译的一种工作保险守则,它似乎是如此:首先阅读原文,直到你把它吃透,仿佛你被化入其中,或者至少,你用它包装起来，接着把它对你的心灵产生的印象用你自己的语言流畅自然地加以表现;然后第三个步骤,把结果跟原文对比,使它们尽可能地接近，不要在你翻译的语言中留下任何不自然的东西,也不要留下任何太不像话,不忠实于原文的东西。

但是把这当作一种方针向译者建议,是很好的。在实践中贯彻它则是另一回事。要做到至善尽美,译者必须记住他已经读过的一切,把一整本书像一幅画似的铺陈在眼前,这是没有人能做到的。

重温狄更斯

在过去好多年之后，最近我去重温我读过的狄更斯的作品。并不是在这段间隔的时间内我不想读他，而是因为那种劳累感阻挠了我，还有完全脱离文学的绝对必要。近来，我有了一次回归的机会。我从两部作品开始：《董贝父子》和《尼古拉斯·尼克比》。前一本，据我不太准确的回忆，是自1894年以来从未翻过；后一本呢，是从1901年起从未接触。我非常虚心地打算记下它们在1926年给我留下的印象。并不是我要自封为什么批评权威，而只是要保存一份简短的个人纪录，显示我们这一代人里面的一员在重温这位作家时的成熟的感觉。我没有批评的才能，我深知他在我心中唤起的感情会跟它们在我的大部分读者心中唤起的感情不同。我不想妄说在我心中唤起的这些感情是理所当然的。相反，我可能非常不对，并不是我的判断错误，因我不能称之为判断，而只不过是今天所谓的“反应”。

最初我是困惑的，现在依然有兴趣考虑，这位作家的伟大究竟在何处。首先一个像我这样的现代人评价他时会说他浅薄得不得了，黑白分明，犹如一出皮影戏；在他的画面中只有两种价值，两者都被简单而使劲地推上来，形成对比，如同在广受欢迎的招贴画里那样。然而，莫里哀是如此，整体上看，除少数例外，莎士比亚的人物也如此，虽然莎士比亚对人物的复杂性，当然，比狄更斯更感兴趣得多。我因此认为这种浅薄绝不妨碍在写作上的伟大。理查三世[1]出现在舞台上，以惊人的坦率把局势推得一团糟，表现他是一个坏蛋，同时又告诉你事情的一切真相，这完全是超越常情的，但它依然是一部好作品。狄更斯的浅薄，不管怎么说，照我看似乎稍稍超过了底线，如果你就一个特点加以分析的话，那便是，他用一种单一的手法创造人物，在这种情况下，如同其他种种事情一般，他的人物基本上是情节剧的演员。他们人人都有一张标签，由重复那张标签和绝不是别的什么而存在。他的全部情节弹的是一个音符，并且是唯一的一个。可是尽管有这样的不足之处，他所有的或几乎所有的人物形象鲜明，具有强健的生命力，他的故事具有非常浓厚的趣味，那是极其了不起的。因此我只能说，如对一百种别的成功的文学作品那么说一样，“它怎么成功的，我不知道，可

① 莎士比亚戏剧《理查三世》的主要人物，在历史上是一个以阴险著名的野心家。

是，它成功了。”

在重读狄更斯时另一件使我留下深刻印象的事情是在整整一大盆又一大盆乱七八糟的夸张拙劣语言当中，居然出现令人惊喜的言辞优美有力的片段。对他拙劣的浮夸语言之糟糕，我以为有能力的批评家绝不会怀疑。我肯定狄更斯大量浮夸的语言，尤其是他描写感伤的部分，是低劣之作，犹如我确信新柏林的建筑是低劣的建筑，或者在大城市高级旅馆里的烹饪是糟糕的烹饪。但是他那些优美的文字是令人惊喜的。就在《董贝父子》中开头短短的片段，董贝夫人在她女儿死去时抱着她，是最高水平的。这段话完全做到了夸张性语言应该做的，它产生了诗意感，同时又保留了散文的形式，虽然是加以美化的。

在道德问题上（那总是必然在任何作家的作品中受到检验），因为道德渗透他的写作，也是他作品的内容实质；照我看似乎狄更斯是异常健全的，只除开一点。我想拿它这样检验一下。在他自己的时代他的种种道德感觉起来是健全的，今天我们感觉健全，自今一百年后也会感觉健全，或者只要他名垂多久，那他的道德观也可传世多久。在他的道德观念中自始至终对虚伪的憎恶；关系到是非的地方；以正确的比例区分重要与非重要的方面——还有一种强烈的正义感，这在任何一类作家中都是非常难得的。在演说家中比较普通，虽然也难得。

但是在道德领域中，照我看，狄更斯似乎有一个弱点。他陷入那最糟的异端邪说之中：他鼓吹仁慈的福音。这不能责怪他。那是他的时代的责任。他生活中那一代人中间，当时英国人旧的先验信仰开始瓦解（它早就无影无踪了），他紧抓住那些碎块断片，仿佛它们还能投合心意。老实说，这一仁慈的福音在上帝面前是令人厌恶的东西，这种不费力的慈善是一切，别的什么问题都无关紧要，恰好是道德价值上乱七八糟状态的实质，因为它拒绝查问为什么一件善举是好的，其所以为善举的道理又是什么；它把在这类问题上的判断降低为种种标准中最低级的标准，一种舒舒服服的温情。归根结底，所有这些道德是一团混乱的道德。因此我坦言，就我来说，我最不能卒读的是写契利布尔兄弟①的那些章节，不是因为他们明显是超出常情的——狄更斯全部小说都是那样，我一点都不在意，只要制造木偶的人使他们活起来并且使我高兴，他就在履行职责——但契利布尔兄弟并不给我带来乐趣，他们只使我作呕。有人告诉我小耐儿②甚至更糟。在我重读狄氏小说的过程中还没有读到她。

我谈了一些真情实感，也就是说这些木偶是不真实的，他们强烈的生命力是作者给予他们的，而不是自然。我想再

---

① 狄更新小说《雾都孤儿》中的人物，慈善家，收养孤儿奥列佛尔。
② 狄更新小说《老古玩店》中的人物，一个小孤女。

一次声明，我认为是老老实实的，作为结束语——虽然我重又请求读者相信，一个作家对读者的所有这些个人影响是非常有限的，而且也不可能完全相信。照我看来，似乎狄更斯有一种奇妙的才能，那使他掌握某些阶级的某些永恒不变的特征。读者觉得他的贵族人物好笑，说他们不像贵族，这都不错。他们确实不像。他们不像贵族正如布莱顿[①]的亭子不像东方建筑物。但是他对贵族根深蒂固的根本弱点是心中有数的。他懂得伦敦老百姓的绝妙的讽刺，这是哪怕从一大批才子，甚至精于此道的天才当中挑选，也没有别人能做到的。他对我们普通人内心伪善与虚荣的动机了如指掌。他这个人，感情用事达到如此不切实际的程度，没有传统的教育背景，更不用说任何系统的哲学和宗教修养，在跟现实接触时缺乏任何指导，他能做到那些，对这样一个人是一种令人惊异的成就。

① 英国南部的旅游避暑盛地，那里有座模仿东方式样建筑的亭子。

翻山越岭

时间接近正午,我的同伴对我说:“什么标志与路迹使你建议想翻过山去呢?”因为这里的山峦似乎比最高的浮云还高。山下面的山谷宽广而充满田地;再过去,要走一天的光景,耸立着卡迪岭那硕大的白色山峦。然而若我们准备访问与世隔绝、鲜为人知的安道尔人,却非得越过这些山峰不可。因为安道尔人生活在四面由比利牛斯山包围,类似一只杯子的版图内。正由于这个缘故,我的同伴问我采取什么办法去他们的国家,旅途上我会通过什么标志寻访到我的道路。

当时我考虑了一下回答:“什么也没有。我建议径直翻过去,除非意外遇到障碍。”

“噢,既然如此,”他说,“让我们马上动身吧,陡直地走上去,到我们进入一个新的国家。”

这个意见不错,这样,虽然我们无路可循,再加上大雾降临,我们还是开始上山,有如步登西莱定[1]的高沼地;踏上

① 英国约克郡的行政区之一。

旅途，除开一个小时接着一个小时地走啊走，山陡得让你时不时还要用双手爬行。

雾弥漫在我们四周；它使得万籁俱寂，它以最奇特的方式浮动，有几缕山岚十分接近我们的脸部。我们没有任何向导，除开陡峭的山壁。若你正登临而上时为暴风雨和雾所困，走最陡直的路，这是一条规律，虽然在这样的浓雾中，常常让我们爬到一个圆丘上，上去了还得下来，不过总的来说这是一条有用的规律。大约是在下午过去一半时，我们已经爬了约五个小时，爬过约六千至七千英尺的高度，使人大为惊异的是我们竟然碰巧找到一条说不上是路的路。

必须解释一下为什么我们感到惊讶。我们偶然发现的那条路不跟任何地方相通，既没有房屋也没有人烟。我们就要打交道的安道尔人没有北去的跟外界交通的途径，除开一条通过群山的不粗的电线，那些希望跟他们联系的人可以通过这条线通电话；也可以向全欧洲各地通话。安道尔是一个那里的人最不想到外面来，而外面的人也最不想到那里去的地方。人们说除死亡之外它像是一个最使人完全满足的地方，确实没有人想办法要从那里离开，也没有人十分急于想去。因此，当我们踏上这条突然从一座光光的高山中半途开始的路，莫明其妙地从迷雾中出现时，实在叫人惊异。

这条路有路堤，很平坦，如同法国前线[①]靠近碉堡的任何军用道路。在这条路下方有一条小涧，有山间的溪水流过；涧的上面细心地盖有拱顶，拱顶是由优良的石头壁开筑成的，石头磨得很光。但是当我们一踏上这条路往前走时还发现更令人惊异的事情：它不过是一条假路，也就是路的影子而已。它没铺碎石；它不过是一条路的计划或者痕迹或者想法。它那松软的路面从来没有马匹踏过，上面从来没有车轮的轨迹。它从来没有使用过，生满荒草。这个令人惊讶的景象得不到解释，一直到一天后我们用安道尔语向沉着冷静的安道尔人询问后才明白。他们回答说仿佛是一批工程师在这个世界高峰上一个土地不值一文的地方进行道路设计，成了人们的笑柄。

我们俩，不管怎么看，是这样推断的（后来证明这样推理正确）：“魁梧高大，不爱说话的安道尔人在一阵干劲的推动下开始修筑这条路，虽然后来在另一阵冲动下又把它放弃。因此它会通往这个国家。”

我们持续几个小时爬上一处峭壁而感到很累后，决定循着这条无名而奇妙的所谓道路曲曲折折地走去，我们就这么办了。

沿着没有铺碎石的普通的泥土路面，但人行道和两旁

---

① 指第一次世界大战。

的路堤、路堑已经完全成形，我们在雾中于人的居住地之上走了一英里多的路，它通向什么地方连一点线索也没有，也不知道人们为什么开始修筑它，更不用说为什么停止，这在世界上是最为古怪的感觉。

它以大而长的拐弯抹角的方式在高山的表面上升再上升，直到最后稍为平直一些；雾更寒冷了，走过一片长而平坦的地面之后我觉得地势开始稍稍下降一点，我对我的同伴说："我们翻过分水岭了，我们的下方，下面好几英里地就有安道尔人了。"

根据地势不断下降的感觉，我们确信这一判断。我们脱下帽子，不管雾还没有散开，既湿又冷，周围一片寂静，我们期望任何时候会出现指点我们身在何处的启示。

我们没有失望。真的，这种心态是绝不会灰心丧气的。毫无一点预警，周遭的空气变得颇为明朗温和了，一阵强劲的风穿过盘旋的雾气吹到身上，我们通过雾幔看见了太阳的身影。转瞬间它的圆满的光轮射出的光辉已温暖地照在我们身上。云层在我们头上被撕开；空气立即变得相当清爽了，我们看到在前方，绵延达一百英里的比利牛斯山脉突然出现在这片景色上。

人说事事都存在于脑海里。如果这一说法是真的，那么我的同伴和我那一刻看到的是一个还从未存在于尘世的国度，因为那是一个我们的脑海还没有设想过可能是什么样子的国家,它新得仿佛是灵魂脱离肉体后所看到的。

从西班牙天堂照过来的夕阳又低又暖，每一种可以想象到的紫色和褐色满布在乱山中，以致这种奇观好像是由人仔细缜密地手绘的，但这些色彩又充满着光华，色中有光,这是艺术绝做不到的。山的主脉在西边扩展,长溜的山峰和山脊下的山麓丘陵落在下方,直到山外,那里可能是天空或大地间,埃布罗平原的烟雾。

“这没有什么奇怪,”我对我的同伴说,“安道尔人谨慎地保护爱惜他们自己的国土,不愿完成这条道路。”

我说过这句话后,我们已从山坡走下来。我们走到的地方愈低,发现居民的生活愈富足快乐。最后院墙和耕地出现了。田土土层越来越深,树木更加茂密。我们刚熟悉的峰峦,经过一小时左右的下行,望去似乎高不可攀。在山峰遮掩下的奔流的河水,被人驯服而得到利用,可以看到河上矗立的磨房。我们一步步下山接近山麓。

像这样进入安道尔后耳目一新之感完全不会再有了,绝对没有别的同样的经验，甚至在冬天的海上度过一个月后发现春天的陆地，那种在大海无垠的灰蒙蒙的一片荒凉之后,明媚的田野迎面而来的景象也比不上。

我再告诉你一次,那是一个全新的国家,也许是另一个国家,比我们自己的世界要好得多。

所以我们到底走到了山谷的平地，我们头一眼看到的活的东西是一头猪,其次是一个孩子,再次是一个女人。猪朝我们跑来,因为它不肥所以能跑。孩子开头对我们微笑,因为我们是人类;接着断定我们是侵略他神圣家园的敌人,他开始哇哇地哭起来。女人把猪从我们身边赶跑,带着孩子进屋去了。在十分孤立下我们又受到如此可悲的接待,只好走下去,直到遇见几位男性公民。我们发现他们身材跟我们差不多,笔挺而且非常有尊严,我们立刻认出他们是富有而矜持的安道尔人。从他们的表情看得出他们熟悉地中海地区搀和有法国、西班牙、意大利等各国语言的通用语,所以我用这种通用语向第一个人问道:

"先生,这个村子叫什么名字?"

他回答:"它叫萨尔杜。"他是用安道尔语说的,安道尔语比通用语较难懂。

"我理解,那么,"我说,"我们到了著名的安道尔。"

对此,他回答:"你们离安道尔城只有几英里,你们接近安道尔'旧城'了。"

这句话的意思开头我并不完全明白,但当我们继续往前走,这时夕阳已经西下,我对我的同伴说:"在我们尝试翻过这些大山之前,曾经想象过这些词语就是安道尔人说的吗?称他们是微笑的高大的安道尔人不对吗?"

"你说得不错,"他回答我,一边仔细考虑他用的每个词。"要用几个字描述他们,那就称他们为与世隔绝,应受尊敬的安道尔人吧。”

我们继续在擦黑的山谷赶路，一边用口哨吹着英国的小曲。

译 后 记

在英国近代灿若群星的散文作家中，希莱尔·贝洛克堪称佼佼者。他不仅能写散文也能写诗歌、小说、戏剧以至历史专著，据统计他写过一百五十余部作品，尽管不都是传世之作，不过以这种产量，亦足以惊人了，比较起来在散文中他的随笔所占的数量不算太大，但分量却很重。

贝洛克出生于法国巴黎附近的拉塞尔圣克劳德，父亲是一名法国律师，母亲是英国人。1872 年父亲去世后，贝洛克随母亲回英国定居，1893 年就读于牛津大学，1899 年移居伦敦以写作为生。1906 年他投身政治，当选为下院自由党议员。1906 年至 1909 年，他担任《早邮报》的文学编辑。1910 年以无党派候选人身份再次参加竞选，失败后退出政界，专门从事写作。

不像同时代别的随笔作家喜欢写衣食住行等身边琐事，贝洛克的随笔内容涉及面较广，在本书内包括世态人情、人物素描、历史文化、游记、作家论与书评，及写作和翻译的经验，可以说琳琅满目。因为他见多识广，既是编辑、作家，又是学者、议员，下起笔来每每有独到的视角和见解，而且笔下不饶人，所以读者总可以从中找到自己喜欢看的东西。

就风格而论，他趣味高雅，文笔华赡，喜欢引经据典，用生僻词汇，句法结构常复杂多变，这跟他提倡的清通的理论有点矛盾。也许他自认为并没有难懂的地方，原因可能跟他爱好历史有关，受史籍的影响，不过他并不总是一本正经，不乏英国作家擅长的幽默。如本书选译的《一个使人心情舒畅的地方》，写作者的一个朋友拜访他，告诉他去到一个城市，碰上该市的一位企业家，他们萍水相逢，那企业家热情好客，请他品尝了一顿丰盛的便宴之后，又送他一大笔钱还债，和一幢住宅供他终生使用。这使他喜出望外，忘乎所以，但结果他却来对作者诉苦，原来那是做了一个梦。这个故事基本是一场对话，颇像我国的相声，令人哭笑不得。但他的幽默常常变为讽刺，矛头指向官场和商界(可参看《谈演说》和《谈广告》)，这时他的笔调就变为激烈、辛辣地挖苦以至影射具体的人，从随笔家一变而成为政论家，使人想到斯威夫特。

贝洛克的随笔风格还表现在他选择题材别具一格，揭露学术界的笑话，这在随笔中并不多见，如《谈学术上的忌恨》一文。两个迂腐的学究为一个学术上无关紧要，因无据可查而考证不清的问题争论不休以至反目成仇，作者说每遇这种情况，他喜欢在这时插进来提出自己的见解，其实毫无学术根据，不过是要招惹争论让双方把矛头转对他，开个玩笑罢了。这种地方正如我国林语堂先生和许多国外的评论家所指出过的：随笔的妙处并不在题目，任何题目都可以写得趣味盎然，而端在有个性的魅力。这种地方作者的个性跃然纸上。

贝洛克随笔的另一特色则是他的历史文化感，也许在这一点上最见作者的功力，《说桥》和《谈小饭馆》就是表现这一特色的代表作。在《说桥》中他从桥的建筑史，谈技术的进步，科技与艺术的关系。随着技术与材料的先进，桥的交通功能是无可比拟地提高了，但它的审美价值呢？在《谈小饭馆》中态度更为鲜明，他不仅认为小饭馆是艺术品，而且是宝贵的民族文化遗产。在《说桥》中他还肯定现代科技可以使桥更加实用，而在《谈小饭馆》中他强烈反对把古老的小饭馆拆掉，改建成现代化的酒吧，那样做是犯罪。不仅有民族特色的古建筑给破坏了，而且也失落了传统的人与人之间，主人与顾客之间的亲密的关系。

人物素描是贝洛克随笔中较受偏爱的选题，我想这也跟他喜欢研究历史人物有关，不过他在随笔中写的人物可说是另类，历史的发展，社会的进化似乎都与他们无关，他们有的离群索居、我行我素，如隐士、怪人；有的虽然生活在市井，却不去钻营名利，他们自给自足，保持独立的人格，如街头艺术家；《北方的海港》中的那个航海家更是想去海外寻找一个世外桃源，这些人都与工业社会保持距离，作者对他们保持一种尊重的态度，这是和他自己许多文章中对现实持一种批判和否定的倾向相一致的。一些论者因此批评他思想保守。

这里要特别提到《论翻译》，这是贝洛克颇有名气的一篇文章（钱歌川先生的《翻译漫谈》曾特别提到它），文中的论点引起我们的注意，我想不在于提倡意译和别的技术问题而在于谈翻译的难度。翻译的难度不仅仅在于语言技术问题而且在于它的文化意蕴和译者各方面的修养，这对我国当前翻译界存在的问题依然有着重要的意义。

读贝洛克的随笔不仅需要对文学的爱好还需要学识。

以译者的浅陋要想驾驭贝洛克的渊博深广的知识，困难可想而知，所以我只选译了他的作品的很小一部分，说心里话我对他的文字并不太喜欢，我觉得他写得不够精炼清简，这也许属个人爱好的问题，读者可能不认同我的看法，我想这也就是文学的魅力。